光文社文庫

文庫書下ろし／長編時代小説

抗争

聡四郎巡検譚(四)

上田秀人

KOBUNSHA

JN166609

光　文　社

この作品は光文社文庫のために書下ろされました。

目次

東海道中宿場図
信濃
甲斐
武蔵
相模
駿河
伊豆
下総
大井川
日本橋
品川
川崎
神奈川
程ケ谷
戸塚
藤沢
平塚
大磯
小田原
箱根
三島
沼津
原
吉原
蒲原
由比
興津
江尻
府中
鞠子
岡部
藤枝
島田
金谷
日坂

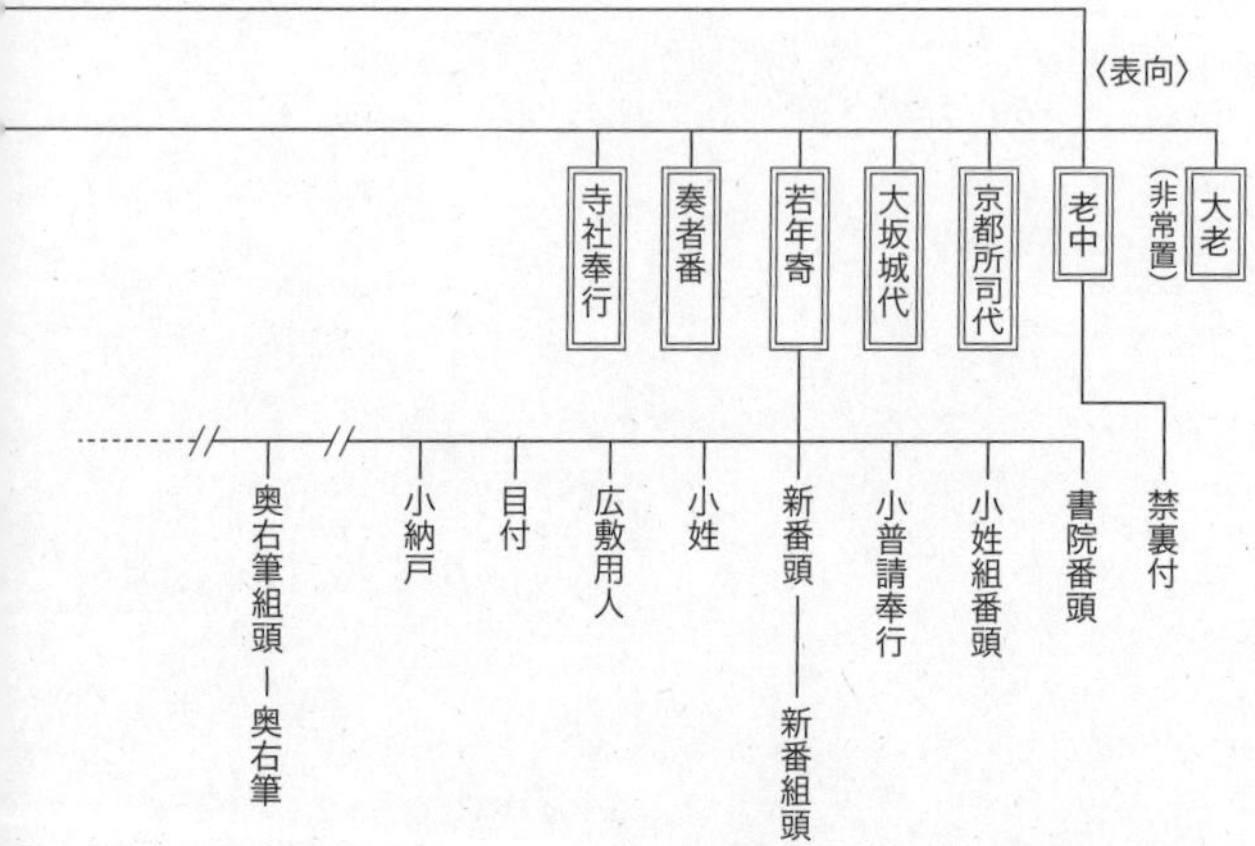
〈表向〉
大老
(非常置)
老中
京都所司代
大坂城代
若年寄
奏者番
寺社奉行
禁裏付
書院番頭
小姓組番頭
小普請奉行
新番頭
新番組頭
小姓
広敷用人
目付
小納戸
奥右筆組頭
奥右筆

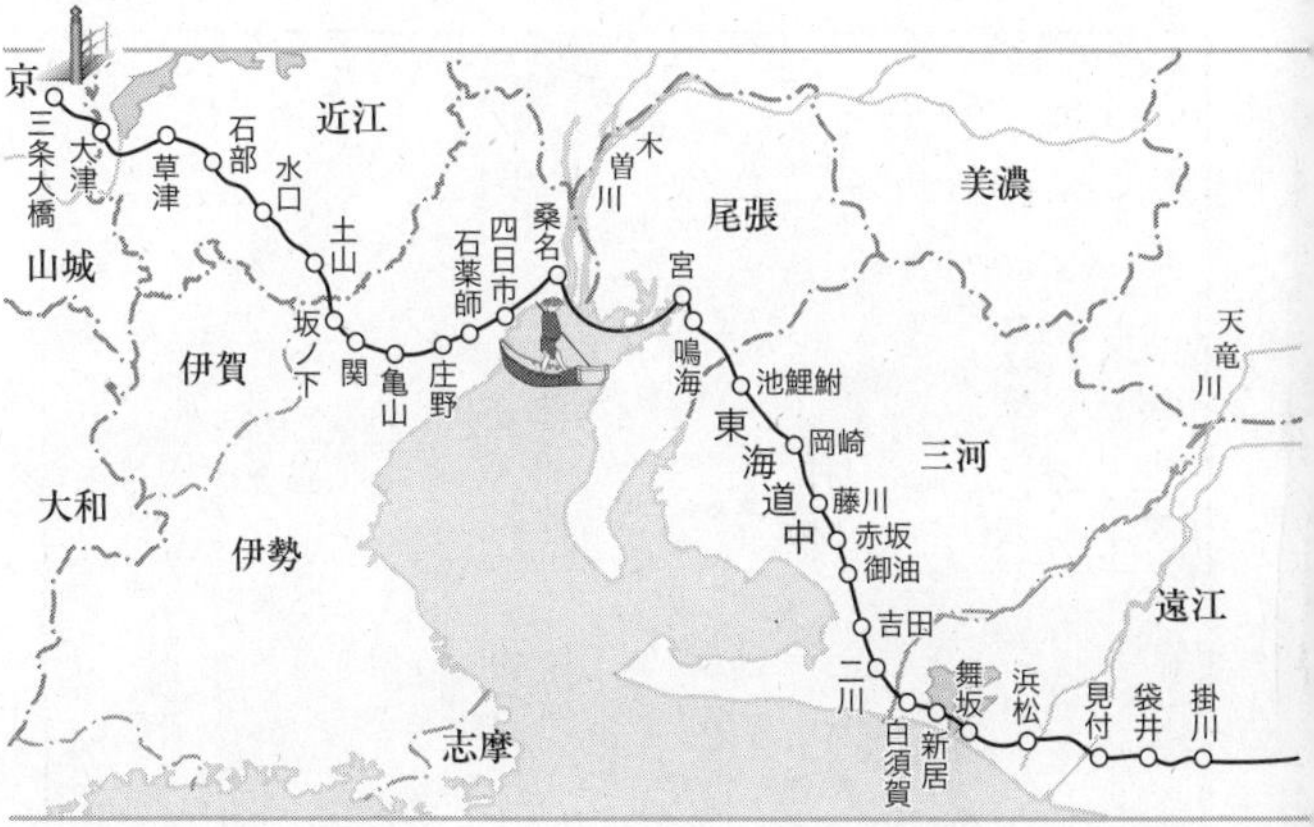
京
三条大橋
大津
草津
石部
水口
土山
坂ノ下
関
亀山
庄野
石薬師
四日市
桑名
宮
鳴海
池鯉鮒
岡崎
藤川
赤坂
御油
吉田
二川
白須賀
新居
舞坂
浜松
見付
袋井
掛川
東海道中
近江
山城
伊賀
大和
伊勢
志摩
尾張
美濃
三河
遠江
木曽川
天竜川

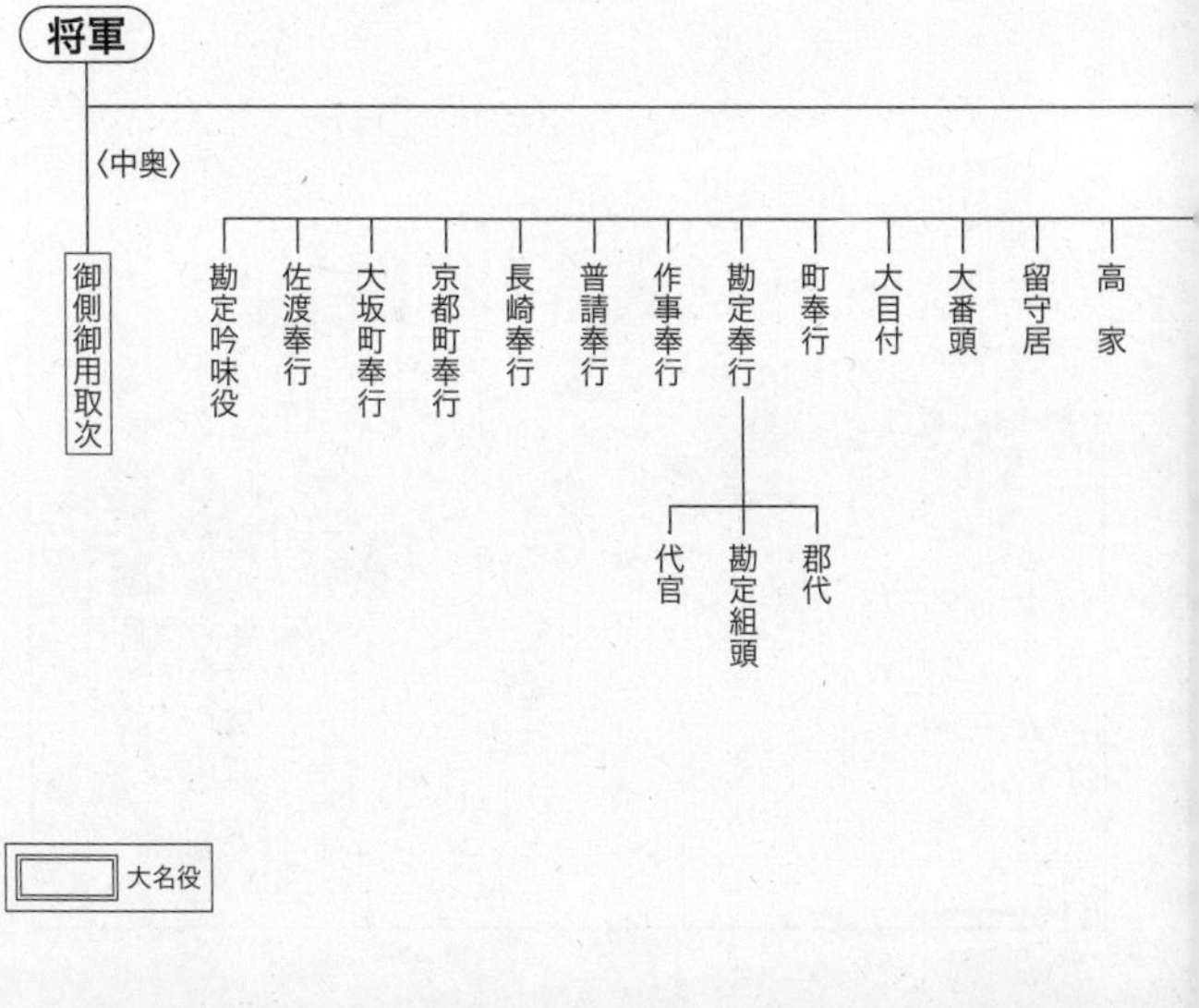
将軍
〈中奥〉
御側御用取次
高家
留守居
大番頭
大目付
町奉行
勘定奉行
作事奉行
普請奉行
長崎奉行
京都町奉行
大坂町奉行
佐渡奉行
勘定吟味役
郡代
勘定組頭
代官
大名役

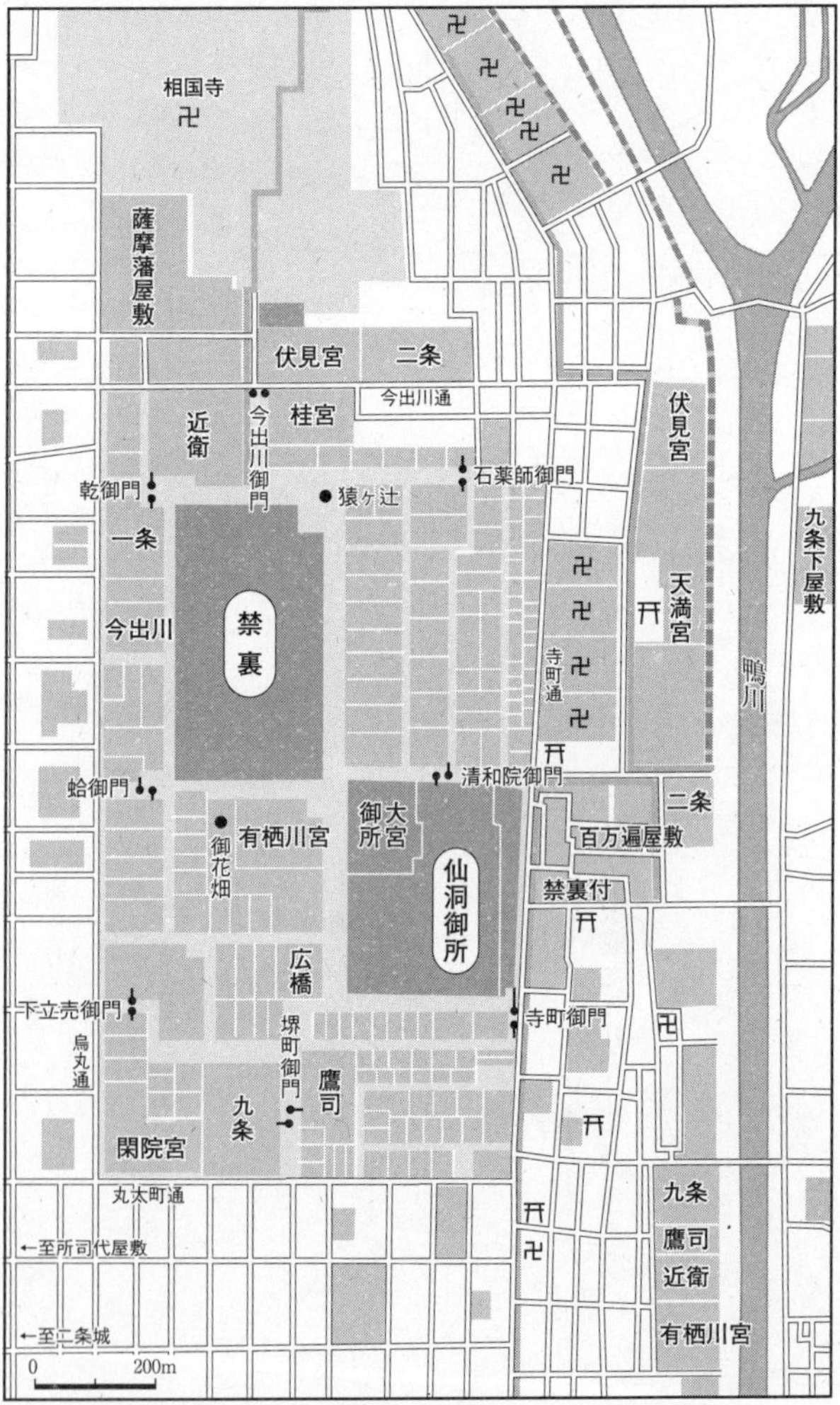
相国寺
薩摩藩屋敷
伏見宮
二条
今出川通
近衛
今出川御門
桂宮
石薬師御門
乾御門
猿ヶ辻
一条
今出川
禁裏
伏見宮
天満宮
九条下屋敷
寺町通
鴨川
蛤御門
清和院御門
大宮御所
二条
有栖川宮
御花畑
仙洞御所
百万遍屋敷
禁裏付
広橋
下立売御門
寺町御門
烏丸通
堺町御門
鷹司
九条
閑院宮
丸太町通
←至所司代屋敷
←至二条城
九条
鷹司
近衛
有栖川宮
0
200m

抗争　主な登場人物

水城《みずき》聡四郎《そうしろう》…………道中奉行副役。一放流の遣い手。将軍吉宗直々の命で、大宮玄馬とともに諸国を回り、また、剣術の師匠・入江無手斎から言われ、諸国の道場も見て回っている。

水城　紅《あかね》…………水城聡四郎の妻。元は口入れ屋相模屋の娘。聡四郎に嫁ぐにあたり、吉宗の養女となる。聡四郎との間に娘・紬《つむぎ》をもうける。

大宮《おおみや》玄馬《げんば》…………水城家の筆頭家士。元は、一放流の入江道場で聡四郎の弟弟子だった。聡四郎とともに、諸国を回る。

入江《いりえ》無手斎《むてさい》…………一放流の達人で、聡四郎と玄馬の剣術の師匠。

袖《そで》…………元伊賀の女郷忍。兄を殺された仇討ちで聡四郎を襲うが、返り討ちにされたのち、改心して水城家に入り、紅に付き添う。

加納《かのう》遠江守《とおとうみのかみ》久通《ひさみち》…御側御用取次。紀州から吉宗について江戸へ来る。聡四郎とともに、将軍吉宗を支える。

徳川《とくがわ》吉宗《よしむね》…………徳川幕府第八代将軍。紅を養女にしたことから聡四郎にとって義理の父にあたる。聡四郎に諸国を回らせ、世の中を学ばせる。

聡四郎巡検譚 四

抗争

第一章　遠国の風景

一

箱根《はこね》の関所は中山道《なかせんどう》の碓氷《うすい》関と並んで、厳重な取締りをおこなっている。武士や神官、僧侶などを除いて、道中手形を持たない者の通行を許さず、関所を抜けようとした者は徹底して追いかけて捕まえ、厳罰に処す。

「我らから見たら、笊《ざる》だな」

三島《みしま》から登ってきた虚無僧《こむそう》が切り株に腰掛けながら、関所を見ていた。

「たしかに人が通れる道は柵《さく》で遮《さえぎ》られ、獣道《けものみち》には猟師たちの目がある。しかし、そのすべては普通の人を相手にしたもの。伊賀者《いがもの》にとって、このていどは吾《わ》が裏山を行くようなもの」

虚無僧の被る天蓋《てんがい》は顔のすべてを覆い隠すほど深い。なかからどこを見ていようとも、他人にはわからないようになっている。

「どうするかの、黒《くろ》」

虚無僧が足下で寝そべる黒犬に問いかけた。

「…………」

当たり前だが、犬は答えない。

「まだ日も高い。なにも関所破りなんぞせずともよいか」

虚無僧が立ちあがった。

箱根の関所は最初幕府が直接管理していたが、江戸から従事する旗本《はたもと》、御家人《ごけにん》を交代のたびに送っていてはいろいろと面倒なため、小田原藩大久保《おだわらおおくぼ》家に預けられていた。とはいえ、関所に在する小田原藩士は、幕臣《ばくしん》格として扱われ、参勤交代《さんきんこうたい》の大名でも駕籠《かご》の戸を開けて、一礼しなければならなかった。

「お通しを願いたい」

関所の門番小者《こもの》に虚無僧が話しかけた。

「あちらでしばし、待たれよ」

門番小者がていねいな口調で番小屋の前の広場を示した。

虚無僧のなかには身分を隠して武者修行をする武士もいる。あまり横柄《おうへい》な態度をとっては、どこで逆ねじを喰《くら》わされるかわからない。

「かたじけない」

一礼して虚無僧が門を潜《くぐ》った。

「こらっ」

門番が虚無僧の後にくっついている黒犬を叱った。

「あっちへ行け、しっ、しっ」

六尺棒を使って門番が黒犬を追い払おうとした。

「これこれ、相手は畜生じゃ。無体《むたい》なことをしてやらずとも」

虚無僧が門番をなだめた。

「しかし、関所内で小便などをされては困りまする」

「どれ、拙僧《せっそう》が言うて聞かそう」

門番に代わって虚無僧が黒犬の前に出た。

「他人に迷惑をかけてはいかぬぞ。さっさと出ていけ」

虚無僧が黒犬に話しかけながら、その尻を軽く叩いた。

「…………」

犬が急に走り出した。

「あっ、なかへ」

「いやあ、すまぬ。畜生のすることはわからぬ」

門番が唖然《あぜん》とするのに虚無僧が天蓋を掻《か》いた。

「……あちらへ」

憮然《ぶぜん》とした門番が、虚無僧を待機場所へ行けと促した。

「ほい、怒られたわ」

虚無僧があわてて広場へ向かった。

「次の……僧侶どのか。お入りあれ」

小半刻《こはんとき》(約三十分)ほどしたところで、虚無僧の番がきた。

「……お邪魔をいたす」

関所番頭《ばんがしら》の待つ建物へと虚無僧が入った。

「天蓋を取れ」

関所番が虚無僧へ指示した。

基本として、上方《かみがた》から江戸へ、西から東へ行く者に検《あらた》めは省略される。道中手形を確認する、あるいは運ばれる荷物のなかに鉄炮《てっぽう》や火薬などが入っていないかを見るだけで、人定調査《じんてい》まではしなかった。とはいえ、虚無僧のように顔を隠しているのをそのまま通してはくれない。

「これでよろしいかの」

逆らうことなく、虚無僧が天蓋を取った。現れたのは道中奉行副役《そえやく》、水城聡四郎《みずきそうしろう》を襲って、その後、心服《しんぷく》して隠居した伊賀者の一人播磨麻兵衛《はりまおへえ》であった。

「結構でござる」

関所番が納得した。

虚無僧は禅宗の一つ普化宗《ふけしゅう》の修行僧を指す。僧でありながら、髪を剃《そ》らず、有髪のままで諸国を行脚《あんぎゃ》し、門々で尺八を吹いて喜捨《きしゃ》を乞《こ》う。徳川家康《とくがわいえやす》が諸国修行勝手を許したとの伝説もあり、幕府から保護を受けていた。

面体《めんてい》を隠したままで通行ができるため、悪事を働く者たちの隠れ蓑《みの》に使われることも多く、昨今では姿形に細かい規定が設けられ、従来ほど甘くはなくなっている。

「では」

もう一度天蓋を被りながら、播磨麻兵衛は番所を出た。

「あちらは長いの」

江戸から上方へ、東から西へ移動する者への詮議《せんぎ》は厳しい。女の場合、髪型はもちろん、衣服の柄までしっかりと道中手形の記載と変わりないかどうかを調べられる。

「拙《つたな》い芸じゃな」

道中手形を持たない芸人や門付《かどづ》けたちは、身分証明として芸を見せればいい。ちょうど若い芸人が、番所の土間で宙返りを披露していた。

「あれくらいならば、五歳の子供でもできるぞ」

着地する度《たび》に、踵《かかと》を地面に着けている軽業師《かるわざし》に、播磨麻兵衛があきれた。

「次は鳥追《とりお》いか」

鳥追いとは三味線《しゃみせん》を弾き、投げ銭をもらう女芸人のことである。もちろん、芸も売るが身体も売る。いや、どちらかといえば遊女が主の若い女が多かった。

「おいおい、いきなり乳をさらけ出して……あれでは、そっちに気がいって、番人は三味線の良《よ》し悪《あ》しなんぞわかるまいに」

播磨麻兵衛が嘆息《たんそく》した。

芸人が手形の代わりに芸を見せて、それで関所を通るのは、身につけた技を披露することで、偽者ではなく本業だと証明するためなのだ。芸人に身をやつした大名の妻、あるいは町奉行所に追われている下手人などでは、まともに飛んだり跳ねたり、三味線を弾いたりできない。しかし、あの女のように捨て身になれば、技なんぞ誰も気にしなくなる。

「芸は芸でも、枕芸か。それもたしかに鍛えた技だな。もっとも他人前《ひとまえ》でやるわけにはいかぬのが、残念だろう」

苦笑しながら播磨麻兵衛が関所を出た。

「おおっ、黒。待たせたな。参ろうか」

関所を出て少し行った松の根元で寝そべっている黒犬に播磨麻兵衛が手をあげた。

五条若宮《ごじょうわかみや》にある御所出入りの炭屋出雲屋《いずもや》を訪れた水城聡四郎は、番頭嘉右衛門《かえもん》の案内で、客間へ通された。

「こちらでしばし、お待ちをくださいませ」

「約束もなく不意に面会を求めたのだ。主《あるじ》どのの都合を優先してくれていい」

「畏《おそ》れ入ります る」

聡四郎の申し出に嘉右衛門が頭を下げた。

「殿……」

通された客間の見事さに家士《かし》の大宮玄馬《おおみやげんば》が息を呑んだ。

「うむ」

聡四郎も同意した。

「派手ではないが、どれもこれもすさまじい価値のものばかりであるな」

床の間の軸、置かれている香炉《こうろ》、花入れのどれもが逸品《いっぴん》であった。

御広敷用人《おひろしきようにん》として大奥《おおおく》の管理をしてきた聡四郎は、贅沢《ぜいたく》な大奥女中たちのおかげで、いつのまにか道具や着物の値打ちを見分けることができるようになっていた。

「どれをとっても数百両はくだらぬ」

「それほどに」

大宮玄馬が目を大きく開いた。

水城家の筆頭家士というべき立場にある大宮玄馬は五十俵を食《は》んでいる。年貢米《ねんぐまい》として毎年二十石を手にしている。精米で一割減るため、実質の年収は十八両でしかないが、独り者としては十分やっていける。

その大宮玄馬の十年分以上の金が、軸《じく》、香炉、花入れのそれぞれにかかっている。

「うかつに触れられませぬ」

大宮玄馬が身を縮めた。

「かまいまへんので、どうぞ、お手にとっておくれやす。道具は使《つこ》うてなんぼでございますよってに」

すっと襖《ふすま》が開いて、老年の商人が廊下で手を突いた。

「出雲屋どのか」

「さようで。名乗りが後になり、申しわけおまへん。当家の主、出雲屋惣兵衛《そうべえ》でございまする」

聡四郎の確認に出雲屋が首肯《しゅこう》した。

「道中奉行副役の水城聡四郎だ。これは家士の大宮玄馬。清閑寺《せいかんじ》権大納言《ごんのだいなごん》さまから、貴殿を紹介されて、厚かましくも参った」

聡四郎が経緯を簡単に述べた。

「権大納言はんの。それは大事なお客さまでございますな」

出雲屋が座敷の襖際に座った。

「まずはお茶なと献じさせてもらいますわ。おい」

「あい」

若く美しい女が、風炉《ふうろ》を持ちこみ、茶を点《た》て始めた。

「…………」

静かにゆっくりと見事な所作《しょさ》を若い女が見せた。

「この者は……」

「妻の満《みつ》で」

「ご新造《しんぞう》どのか」

聡四郎が出雲屋の返事に驚いた。

「孫ほど歳は離れておますが、れっきとした妻でございますわ」

出雲屋が笑った。

「いや、失礼をした」

顔に出ていたかと聡四郎が詫びた。

「皆さん、そうおっしゃいますわ。酷《ひど》いお方になると、どこから借金の形《かた》に連れてきたんやと言いはります」

出雲屋が嘆息した。

「いや、しかし、そう見えても無理はないと思うが」

素直に聡四郎は告げた。

「そんなことおまへん。なあ、満」

「あい」

にこやかにほほえみながら、満が茶碗を聡四郎の前に置いた。

「ちゃんと口説いていただきました」

「照れるがな」

満の言葉に出雲屋が頭を掻いた。

「茶菓子代わりにのろけを聞いてくだはりますか」

「ああ、是非に教えていただきたい」

茶碗を持ちあげながら、聡四郎が願った。

「満が十六歳やったかな」

「でした」

「木屋町《きやまち》の茶屋に出よりましてな」

「茶屋ということは……」

出雲屋の話に聡四郎が思わず言いかけて止めた。

「ああ、違いまする。満は茶屋の娘でしてな。配膳とか、酌はしますけど、閨《ねや》のことまではしてくれまへん」

「なるほど。失礼をした」

「いえいえ」

詫びた聡四郎に出雲屋が少し眉を動かした。

「まあ、そこで一目惚れしてしもうたんですわ。これが妓《おんな》やったら金でどないでもできますねんけどな、茶屋の娘はいけまへん。もし、金に飽かして無体《むたい》でもしかけようもんなら、たちまち出雲屋は潰れまする」

「これだけの店がか」

聡四郎が信じられないといった顔をした。

江戸でもこういった美しい娘を豪商が金にものを言わせて妾《めかけ》にしたなど、話はいくつもあった。しかし、それで店が潰れたというのは聞いたことはなかった。

「江戸でも大坂《おおさか》でも、まずおまへん話ですわ」

出雲屋が聡四郎が知らなくて当然だと言った。

「京やから許されまへんねん」

「どうぞ」

満が濃い茶を点てた新しい茶碗をすっと出雲屋へ差し出した。

「おおきにやで」

うれしそうに受け取った出雲屋が茶を啜《すす》った。

「なんど飲んでも、茶をうまいとは言えまへんな」

出雲屋が首を横に振った。

「まったくだ」

聡四郎も首を縦に振った。

「さて、どこまで話しましたか……ああ、京で女に無体はあかんねんというところでしたな」

出雲屋が話を再開した。

「大坂は金、江戸は武、京は名。そういうことでございますわ」

「悪名は致命傷になると」

聡四郎が口にした。

「その通りでございまする。出雲屋はどこそこの茶屋の娘を無理矢理金でいわしたらしい。そう噂が出たら終わり。名を重んじる京の町で金か力かで好き放題するのは、一番嫌われまする」

「御上《おかみ》も嫌われている」

「……はい」

苦い顔で告げた聡四郎に出雲屋がうなずいた。

二

「念のために申しあげておきまするが……」

出雲屋が態度と口調をあらためた。

「わたくしは公家《くげ》さまに大政をとは考えておりませぬ」

朝廷に大政を奉還せよと言っているのではないと、出雲屋が断りを入れた。

「それはなぜだ。京が都になるのだろう」

聡四郎が首をかしげた。

「出雲屋は畏れ多くも御所出入りを承っておりまする。わたくしで十二代目になりまする」

「十二代とは老舗《しにせ》だな」

「足利《あしかが》将軍家にも炭をお納めしていたと聞きますゆえ、もう二百年にはなりましょう」

「二百年……」

出雲屋の歴史に聡四郎が息を呑んだ。

「それだけ長く代を重ねれば、京に愛着があるだろう」

「ございまする。京の者にとって、京はやはり格別。商いをするなら大坂へ出て、蔵屋敷の方々とお付き合いするほうがよいとはわかっておりまするが、金で京を離れる気はございませぬ」

聡四郎の言葉に出雲屋がはっきりとうなずいた。

「それでいて、京を都にする気はないと」

「今でも都だという論は一度置きまする」

京の住人らしい矜持《きょうじ》を出雲屋が見せた。

「都になったら、また焼かれまする」

「…………」

聡四郎は黙った。

「前《さき》の戦のとき、京はえらい目を見ました。出雲屋も三度焼かれてまする」

まるで己が見ていたかのように出雲屋が述べた。

「それが江戸に政《まつりごと》が移って以来、一度も戦に巻きこまれておりませぬ。これがどれだけありがたいことか。京を取ったお方が天下人《てんかびと》になる。これは変わっておりませぬ。ですから皆様京を押さえようとなさいまする。古くは山名《やまな》、細川《ほそかわ》、三好《みよし》、そして織田《おだ》、豊臣《とよとみ》と、皆一度は京を焼いてはりまする。ああ、豊臣が焼いたのは伏見《ふしみ》で、洛中ではございませんが」

「で……」

一々断りを入れる出雲屋に聡四郎は内心あきれていた。

「まず、焼かれたくないので政は要りません」

「それが理由かの」

「いえ」

確認した聡四郎に出雲屋が首を横に振った。

今までの話でも十分理由になる。それよりも大きなものがあるのかと、聡四郎は出雲屋を見つめた。

「他にあるのか」

「清閑寺権大納言さまとお話をされていかがでございました」

「…………」

軽々《けいけい》にしゃべってよいものではない。聡四郎は黙った。

「ご安心を。ここでの話は外には漏れませぬ」

出雲屋が秘密は守ると宣した。

「…………」

それでも聡四郎は答えなかった。

「さすがは、御上お役人さまでございますな。油断がない」

「会ったばかりではな」

褒めた出雲屋に聡四郎は淡々と告げた。

「では、わたくしから申しましょう。その前に、満、白湯《さゆ》をくれるかい」

「あい」

出雲屋が満に喉が渇いたと訴え、満が風炉から湯を汲《く》んだ。

「拙者《せっしゃ》もいただけようか」

聡四郎も求めた。

「よろしゅうおす」

はんなりと首を少しだけ動かして了承した満が、聡四郎と大宮玄馬の分までも用意してくれた。

「緊張しますなあ。お役人さま、それも、できるお方とお話しするのは」

口調を楽なものにした出雲屋が、白湯に息を吹きかけて冷ましながら述べた。

「京都所司代《しょしだい》さまとか京都町奉行さまとかとは……」

「お目にかかりまへんな」

聡四郎の問いを出雲屋が否定した。

「わたくしらのところへお見えになるのは、せいぜいが御用人さまですよってに」

「それもそうか」

聡四郎は納得した。

大奥でも炭や魚などの生活に必須なものの調達は、局《つぼね》の主ではなく身分の軽い女中が担当していた。当たり前といえば、当たり前であった。籠《かご》の鳥で大奥から出ることさえない中﨟《ちゅうろう》以上の女中に魚の目利きや炭の良し悪しがわかるはずもない。

武家も同じである。四男坊で剣術道場へ通うために市井《しせい》へ出ていた聡四郎はまだしも、ちょっとした旗本の家ともなれば、当主はもちろん、息子たちも自ら金を持って買いものをするということはない。なにか欲しいものがあれば、用人なり奉公人なりに命じて手配させればすむ。

次は老中という大名である京都所司代や、あがれば江戸町奉行になる高級旗本である京都町奉行が炭を買い求めに来るはずはなかった。

「用人といえば、家を預かる有能な家臣であろう。それらとの話こそ、気を遣おうが」

聡四郎が怪訝《けげん》な顔をした。

「あきまへんな」

出雲屋が首を左右に振った。

「今の御用人さまというのは、皆、袖の下ばかり気にしはりまする。御所出入りの看板を上げているわたくしのところで値切ることはできませんからか、皆様、値段はそのままでいいので、木屋町で酒が飲みたいだとか、祇園《ぎおん》で芸妓《げいぎ》と遊びたいとか、小遣い銭をどうにかしてほしいとか。なあ、満」

思いきり出雲屋が嫌な顔をしながら、満に同意を求めた。

「へえ」

満も眉間にしわを寄せた。

「実家《さと》へも毎日のように、所司代はんとか町奉行はんとかのご家来衆がお出《い》でくださいますけれど、どなたはんもお財布を出しはりません」

「そうか」

意味するところはわかる。皆、出入りの商人に負担させているのだ。聡四郎は苦い顔をした。

「京にまで来て、恥をさらすか」

「それは違いまっせ。京やからですわ。いや、国元と違うから、安心して恥が掻ける。国元で遊女屋通いなんぞしたら、あっちゅうまに噂が拡がりますやろ。その点、京でやったら、どのような恥さらしなまねをしたかて、親戚や知人に知れることはない。安心して馬鹿なまねができるっちゅうわけですわ」

怒る聡四郎に、出雲屋が語った。

「情けないことだ。町人にたかって遊ぶとは」

「そんなもんですやろ。お役人さま、それも出世を願《ねご》うてるお方は身も慎《つつし》みはります。どこでどう評判が影響するかわかりまへんよって。わたくしどもに遊ばせろと要求しはるお方は、皆様、先がない方ですわ」

「先がないか」

武士は家格でほとんどその行く末が決まる。どれほど勉学ができようとも、御家人では政に参画できない。対して二千石の旗本になると、家督《かとく》を継いだらすぐに小姓番頭《こしょうばんがしら》や書院《しょいん》番頭など、将軍の側近くの役目が与えられる。

「なんとかせねばならぬ」

この弊害《へいがい》を吉宗《よしむね》はよくわかっており、聡四郎を御広敷用人として使ったり、御側《おそば》御用取次《ごようとりつぎ》などという、家格はさほどでなくとも幕政にかかわれる役目を新設したりして、人材の活用を試みている。だが、長年かけて確立してきた人事の流れというのは、将軍といえどもすぐにどうこうできるものではない。どうしても従来の考えに染まった連中が反対する。

それも無理はなかった。家格を無視し、能力で役目を与えるとなれば、己の息子が採用されなくなる高禄旗本が出てくる。かならずとはいえないが、概《おおむ》ね高禄で家格の高い者ほど、それを自慢して自らを磨こうとはしない。今の制度でいけば、なにもしなくてもある程度の役目には就けるからだ。

「風穴を開ける」

紀州《きしゅう》家から本家を継いだ吉宗だから、無茶ができる。聡四郎を抜擢《ばってき》したり、加《か》納近江守《のうおうみのかみ》改め遠江守《とおとうみのかみ》を重用したりして、少しでも幕府を変えようとしているが、その風当たりは吉宗ではなく聡四郎たちに来る。今回の道中奉行副役としての道中でも、邪魔をしたがる者は多い。

「公家さまも同じなのでございまする」

話を戻したからか、ふたたび出雲屋の態度が変わった。

「あの方々にも先はございませぬ」

「それには同意する」

聡四郎も今度は沈黙しないで応じた。

「出自はよく、官位も高い。ですが、実権は御上が持っておられて、なにもすることがない。この国のことを話し合うとして朝議《ちようぎ》だけはおこなっておられまするが、それでなにか決まったというのを耳にしたことはございませぬ」

出雲屋がため息を吐《つ》いた。

「朝廷は実体がないのと同じだからな」

聡四郎も同意した。

「その実体がないのを朝廷は何年続けておられまするか」

「鎌倉《かまくら》幕府ができる……いや、その前、平氏《へいし》台頭のころからか。となれば……」

「おおよそ六百年でございまする」

計算しようとした聡四郎を抑えるように、出雲屋が告げた。

「六百年か……」

壮大な時間に聡四郎が驚いた。

「つまり、朝廷は、公家さまは六百年、何十代にもわたって、政をしておられない」

「やり方も忘れるか」

「さようでございまする」

聡四郎の確認に出雲屋がうなずいた。

「もちろん、公家さまがたは、いろいろなことをご存じでございますし、勉学が家業のようなものでございますので、すぐに政にも馴染《なじ》まれましょう。ですが、津々浦々のことまでなさるとなれば、何年どころか、何代かかるか」

「津々浦々まで気にせずともよかろう。御上もそこまでは把握なされておらぬ。細かいところは大名たち、代官たちに任せ、将軍はその者たちを支配しているだけだぞ」

否定する出雲屋に聡四郎が反論した。

「……それが公家衆にできるとでも」

「できぬのか」

声を低くした出雲屋に聡四郎が問うた。

「公家さまがたが、どうして没落なされたのか、おわかりでございましょう」

「武家が取って代わったからであろう」

出雲屋の質問に聡四郎が答えた。

「ではなぜ、取って代われたので」

重ねて出雲屋が訊《き》いた。

「それは武家が力を振るったからだ」

「その力はどこから」

「公家の荘園《しょうえん》を押領《おうりょう》……そうか」

ようやく聡四郎は理解した。

「かつて地方の荘園を武家に任せて押領されたから、公家は没落した」

「さようでございまする。公家さまがたは京を離れるのを嫌がり、地方へは代官を送って、そこに盗賊どもを防ぐため武士を配置した。しかし、その結果、公家さまがたは荘園のことを忘れ、遊びほうけてしまい、武家の押領を許した。同じことを繰り返されると思われまするか」

「いいや」

出雲屋に尋ねられた聡四郎が首を横に振った。

「羹《あつもの》に懲《こ》りて膾《なます》を吹くではないが、今度地方の荘園を持ったならば、公家衆はまちがいなく現地に行くだろうな」

「でございましょう。そして地方は公家衆を……」

「喜んでは迎えぬな。今まで己のものだったものを、取りあげられるのだからな。

で押さえつけられない公家衆となれば、気が遠くなるほどかかろうよ」
「豊臣秀吉《ひでよし》公でさえ、本能寺《ほんのうじ》の変から小田原征伐まで十年近くかかっている。武力
「それらを制圧するのにどれだけかかりますか」
抵抗しよう」

聡四郎も認めた。

「地方がまともになってやっと、天下は京を中心にまとまりまする。京だけでやってはいけませぬ。地方を宥《なだ》め、京で天下を治める。できましょうか」

出雲屋が真剣な眼差《まなざ》しで聡四郎を見つめた。

「できぬとは言えぬ」

言えば朝廷を認めないことになる。それは幕臣として口にしていいことではなかった。

「ただし、どれだけのときがかかるかはわからぬな」

「でございましょう。その間、天下はどうなりまする。公家さまがたは己の荘園のことばかり考えて地方へ散り、京に残る者などほんの少し。それこそ、今上《きんじょう》さまとお身のまわりのお世話をなさる方だけとなりかねませぬ。となれば京は荒れましょう。武家方はさっさと所領に戻られましょうし、大政を返したうえは、御上は

京の治安に責任を持たなくてすみまする。町奉行所も所司代も廃止されたら……」

「京は盗賊や無頼《ぶらい》が好き放題にする……か」

「はい」

聡四郎の結論に出雲屋がなんとも言えない顔をした。

「ですので、わたくしは御上は嫌いでございますが、朝廷に大政を返すようなまねはしていただきたくありまへん」

「わかった」

聡四郎が首を縦に振った。

「となれば、拙者も言おう。拙者はそれほど多くの公家衆にお目通りを願ってはおらぬが……肚《はら》がないな」

「さすがはお武家さまだ。適切なご指摘で」

出雲屋が納得した。

「互いの本音を交わしたところで、出雲屋に頼みがある」

「本題でございますな。伺いましょう」

聡四郎の発言に出雲屋が姿勢を正した。

「この度、道中奉行副役を拝命するに当たって、上様より世間を見て来いとのお言葉をいただいた」

「世間を見て来いとは、また漠然とした」

出雲屋が困惑した。

「拙者は小禄旗本の四男でな。家を継げるわけでもなかったゆえ、好きな剣術ばかりをしてきた。不幸なことに嫡男が病で亡くなり、次兄、三兄はすでに他家に養子に出ていたため、拙者にお鉢が回ってきた」

「…………」

嫡男が死んでのことだけに家督相続をおめでとうとは言えない。出雲屋は黙って先を待った。

「拙者の家の筋はな、勘定方《かんじょうかた》でな。父も勘定衆、祖父は勘定頭まで務めた。剣術しかしたことのない拙者が勘定方なぞ務まるはずもない。無役で遊んでいたところ、なぜか勘定吟味役《ぎんみやく》を拝命した」

「勘定吟味役さまでございますか」

出雲屋が意外そうな顔をした。

「そして八代将軍に上様がなられたとき、勘定吟味役を免じられて、今度は御広敷用人へ移った」

「御広敷用人さまとは、どのような」

出雲屋が首をかしげた。

吉宗が将軍となってからの新設であり、江戸城大奥だけを担当する役人である御広敷用人は、世間にはまったく知られていなかった。

「大奥の女中たちの面倒を見る役目よ」

「それはまた難儀な御役でございますな」

聡四郎の答えに出雲屋が感心した。

「満どのが聞いている前では言いにくいが、女というのは数が集まると……」

「仰《おお》せの通りで。まったく一人の女でも御《ぎょ》すのが大変ですのに」

「旦那さま」

聡四郎に同情した出雲屋を満が可愛く睨《にら》んだ。

「怒られましたわ。失礼ながら、水城さまは奥さまを」

「ああ、子もおる」

問われた聡四郎が告げた。

「それはなにより。お子さまは跡継ぎはんで」

「いや、娘じゃ」

聡四郎が紬《つむぎ》の顔を思い出した。

「娘御はんで。それは今からご心配な」

「心配……なにがだ」

出雲屋の話に、聡四郎が怪訝《けげん》な顔をした。

「嫁入りの心配ですがな。どこの馬の骨ともわからん男に手塩にかけて育てた娘を持っていかれますねん」

出雲屋の口調がくだけた。

「まだ生まれたばかりだぞ」

「なに言うてはりますねん。十五年ほどでっせ。十五年ちゅうのは、思っている以上に短いもんですわ」

あきれる聡四郎に出雲屋が忠告した。

「出雲屋どのにも娘御が」

「うちは男二人ですわ」

出雲屋が否定した。

「ではなぜ、娘を嫁に出す辛さがわかる」

「見せつけられましたよってなあ」

尋ねた聡四郎に出雲屋が苦笑しながら、満を見た。

「満どのの親父どのがか」

「そうでおますわ」

確かめる聡四郎へ出雲屋がうなずいた。

「わたくしは再婚ですよって、家と家のつごうで嫁取りはしなくてかまいまへん。今更、どこぞの老舗の娘となんぞ、ありまへん。向こうも夜の役に立つのかどうかわからん爺に娘をくれまへんし。まさか、試しに一晩貸してやるということはおまへんやろ。まあ、若いときには及びまへんが、まだまだ使えますねんけど」

「…………」

満が頬を染めて俯《うつむ》いた。

「元気でなによりだ」

聡四郎がなんとも言いがたい顔をした。

「まあ、そういったわけで、まず満を口説き、続いて義母を味方に付けてから、親父どののところへ、ご挨拶《あいさつ》にうかがったんですけどなあ、まあ、荒れた、荒れた」

「無理もなかろう。祖父と孫ほど歳の差があるのだ」

「たしかに。なにせ、親父どのがわたくしの五歳下でしたし」

「親父より歳上か」

聞いた聡四郎が驚愕《きょうがく》した。

「向こうは若くして子を作ったんですやろ」

しゃあしゃあと己のせいではないと出雲屋が告げた。

「こんな年寄りの世話をさせるために娘を産んだわけやないと……産んだんはお義母《かあ》はんですのになあ」

「それはそうだが……」

「怒り狂った親父どのを説得するのに、けっこう手間かかりましてん。水城さまも覚悟しておきなはれや」

「覚悟かあ……まだ言葉もしゃべれぬのだ。とても娘の嫁入りなど想像できぬ」

聡四郎が首を左右に振った。それにここで口にするわけにはいかないが、形だけとはいえ、八代将軍吉宗の養女として嫁いできた妻紅《あかね》が産んだのだ。聡四郎の娘紬は、吉宗の義理孫になる。

「躬《み》がよき婿を見つけてやる」

義理の娘として江戸城へ登り、初めて紬を披露した紅とその婿聡四郎に、吉宗はそう宣言している。

不言実行ならぬ、有言実行の吉宗がそう口にした以上、紬の未来は聡四郎の手から離れてしまったと考えなければならない。主君の言葉に逆らうことは許されないのが武家なのだ。

聡四郎が心のなかでさえ、紬の嫁入りを思えないのはそこにも原因があった。

三

「ああ、いけまへん。話がずいぶんずれました。で、京をお知りになりたいということでしたな」

紬のことを思って、少し考えこんだ聡四郎に出雲屋が声をかけた。

「ああ」

ようやく話が本題に戻ったことで、聡四郎が安堵《あんど》した。

「京のどこがよろしい。見えてる景色がええと仰せなら、嵐山《あらしやま》とか東山《ひがしやま》、ちいと歩いてもええと言わはるんやったら愛宕山《あたごやま》。愛宕山からは京の都を一望できますわ。その代わり、一刻《いっとき》（約二時間）以上歩いてもらわんなりまへんが」

「景色もありがたいが……」

「表《おもて》は要りまへんか」

聡四郎の返事に出雲屋の目つきが鋭くなった。

「餅は嚙んでみなければ、中身が餡《あん》なのか、たれなのか、なにもないのか、わからぬであろう。餅はどうであったと訊かれたとき、美味でございましたと答えるようでは、上様のお叱りに遭う」

「自ら食べにも来られぬ餅の味の感想までお求めにならはりますか、将軍さまは」

出雲屋がため息を吐いた。

吉宗は将軍となってから、京へ来たことがない。また、紀州藩主だったときも何度かに一度通るだけで、京へ泊まってはいなかった。

「ですが、そうでもしないと天下の政はできませんしなあ」

出雲屋が理解を示した。

「いくら将軍さまやというても、身体は一つしかおまへん。それで長崎《ながさき》から蝦夷《えぞ》まで支配しようというのは無理というもの。信頼できる者に見て来させるのは当然ですわな。そのなかで好き勝手にあちらこちらを見て回られる水城さまは、よほど御信任があつい」

「…………」

言い当てられた聡四郎は黙った。

「噂では聞いておりましたんやけど、今の将軍さまは朝廷はんも変えはるおつもりですねんな」

「無理だと言うか」

少しあきれの含まれた出雲屋の言葉に、聡四郎は反発しかけた。

「無理でんな」

あっさりと出雲屋が断言した。

「なっ……」

「まあ、お聞きくださいまし」

出雲屋が聡四郎を宥めた。

「先ほどの譬《たと》えやおへんけど、餅のなかに餡が入っていたのか、たれが入っていたのか、それは十分に伝わりますやろうけど、その餡がどれくらい甘かったかの詳細までは共有でけへん」

「…………」

「ものすごう甘かったんか、ほんのりと甘かったんか、ちょうどええ塩梅《あんばい》やったんか、それくらいしか水城さまはお話しでけまへんやろ」

「むっ」

「ちょうどええ塩梅っちゅうのは水城さまにとってのことで、他のお方にとっては違いますで」

詰まった聡四郎に出雲屋が付け加えた。

「だから無理やと言わせてもらいましてん」

「たしかにそうだが……」

「ですけど、無駄やとは申してまへん」

難しい顔をした聡四郎に出雲屋が首を左右に振った。

「無駄ではないと」

「はい。無駄どころか、立派なことですわ。箱のなかになにが入っているか、それを考えず、箱だけで判断しはるのが普通の政ですわ。空《から》やと思ていたら、なかには金が詰まっているかも知れまへん。どれだけの量の金が、何匁《もんめ》の金が入っているかはわからんでも、金があるというだけで対応は変わりますやろ。空箱なら放置でも、金が入っていたら蔵へ仕舞いこみますがな」

確認した聡四郎に出雲屋が首肯した。

「箱を全部仕舞うというわけにはいかぬか」

「いきまへんな。そんなことをしたら、たちまち蔵は一杯になりますで。どの箱を蔵に厳重に隠し、どれを屋内に入れ、どの箱を放置するか。その判断をつけてもらわんと」

なんでも受けいれるべきではないかと問うた聡四郎に、出雲屋が否定した。

「金もないのに炭を欲しがる者、金はあるけど支払う気のない客、しっかりと代金を下さるお客はん、これを一緒に扱っていたら、店なんぞ数年で潰れまっせ」

「なるほどな。何代も続いた老舗の多い京は、目利きばかりということか」

聡四郎が感心した。

「目利きばかりやおまへんけどな。数百年続いた衣装屋を親父が死んでから三年で潰したやつもおりますし、一代で行商から大通りに三間《げん》（約五・四メートル）間口の店を持つに至った者もある。商いは人次第ですわ」

出雲屋が述べた。

京は山に囲まれており、土地が狭い。ためにどこの家も横幅がなく、奥へと延びる鰻《うなぎ》の寝床といわれる造りをしている。そこで三間間口の店を持てるというのは、かなりの豪商であった。

「さて、ここで話をしていても、畳の上の水練ですわな。百聞は一見にしかずや。

外へ行きましょか」

出雲屋が腰をあげた。

「よいのか、明日以降、おぬしの都合でよいぞ」

聡四郎が遠慮した。

「かまいまへん、かまいまへん」

出雲屋が手を振った。

「京の老舗が長もちしているのは、主が直接店に立たず、できのええ番頭が店を仕切ってくれるからですわ」

「そうなのか」

「はい。いくら代々商いの家柄やというて、何十代も優秀な当主が続くわけおまへん。どっかで阿呆がでてきます。その点、店を預ける番頭は世襲やおまへん。小僧のときから奉公して何十年、商いを叩きこまれてますねん。乳母日傘《おんばひがさ》の息子より、番頭が信用できる。それが商人っちゅうもんですわ」

当家の番頭もそうだと出雲屋が胸を張った。

「番頭に裏切られることはないのか」

今までの軽い仕返しのつもりで聡四郎は尋ねた。

「おます。信用していた番頭に店の金を持ち逃げされた者は。ですが、それは小さな商いの店。一人の男が持って逃げられる金なんぞ、せいぜい三百両くらいでっせ。千両持って持てないことはおまへんけど、重いし、目立ちますわ」

小判は一枚で四・五匁（約十七グラム）と定められている。千両だと四千五百匁（約十七キログラム）にもなり、そこに箱の重さを加えると五貫目《かんめ》（約二十キログラム）をこえた。

「三百両なくなっても潰れまへん、出雲屋は」

堂々と出雲屋が胸を張った。

「店を乗っ取られることはないのか。得意先とか、仕入れ先を全部奪われてしまい、暖簾《のれん》以外失ったという話をよく聞いたぞ」

勘定吟味役をしていた聡四郎は、江戸一の豪商紀伊国屋文左衛門《きのくにやぶんざえもん》とも対峙《たいじ》した。その関係で、こういった話を耳にしていた。

「それは江戸、ああ、大坂もですけど。そやからですな、京では絶対ありえまへん」

きっぱりと出雲屋が否定した。

「どうして言える」

聡四郎が問いかけた。

「京の老舗はつきあいでなりたってますねん。得意先も仕入れ先も何代も続いた縁でつながってますよって、番頭がどれほど出来物《できぶつ》でも、相手にしまへん。つきあいは店の暖簾に対してで、人に対してやおまへんのですわ」

「人とつきあわない……」

「店と店の、暖簾と暖簾の信用。何百年と続けてきた取引ですわ。下手な親戚よりつきあいが濃い。多少の値引きがあるからちゅうて、店を変えるようなまねはしまへん。そんな不義理をしたら、たちまち世間から切られます」

「儲《もう》けが減ってもつきあいをとる」

「そのほうが安心でっせ。長年のつきあいでうちにはこれをと納品も決まってます。決まったものが入ってくるから、お客さまへ決まったものをお納めできる。新規で仕入れたものを多少割り引いてお得意さまにお渡ししたとして、値段は値段だけのもの。安いには安いだけの理由がおます。お得意さまが使われて、なんやこれとなったときに、新しい店に変えてみましてんと言うてみなはれ、うちが信用を失います」

聡四郎の疑問に出雲屋が答えた。

「もちろん、暖簾分けを許された番頭は別でっせ。しっかりと仕入れ先との縁も作ってあげますし、お得意先のいくつかは紹介します」

言い終わった出雲屋が、満に顔を向けた。

「義母《おかあ》はんにな、今晩大事なお客はんを連れていくよってにと伝えといてんか」

「あい。どなたはんを呼んどきましょ」

「そうやなあ、できたら寿々花《すずか》がええけど、売れっ子やでなあ。今日の今日は無理やろう。誰ぞ、話のうまいのを二人ほどな。地方《じかた》は要らんわ。踊りや唄を楽しむやないからな」

「地方なしやったら、座が静か過ぎますえ。せめて三味線か鼓だけでも」

「要らん、要らん。話の邪魔や」

満の忠告にも出雲屋が手を振った。

「頼むで。ほな、水城さま、行きましょう」

出雲屋が案内にと先に立った。

八代将軍吉宗は幕政改革の一つとして、お膝元の江戸城下の治安を安定させようと考えていた。

「普請《ふしん》奉行の大岡能登守《おおおかのとのかみ》を町奉行にいたせ」

「であれば、南町奉行の松野河内守《まつのかわちのかみ》の後にするのがよろしいかと」

御側御用取次の加納遠江守が推薦した。

「なぜじゃ」

「河内守は寛文《かんぶん》三年（一六六三）に十五歳で出仕し、今年六十九歳になるはずでございまする」

将軍の新たな側近として設けられた御側御用取次は、いつご下問《かもん》があっても答えられるように、主たる役人の経歴をそらんじていた。

「十徳《じっとく》を取らせるか」

吉宗が呟《つぶや》いた。

両脇を縫い合わせた羽織のような衣服で、本人が好んで着る十徳を贈られるというのは、もうそろそろ役目を後進に譲って引退し、茶でも楽しむ余生を送れという将軍からの勧告であった。

「わたくしが話をいたしましょう」

加納遠江守が吉宗を止《か》めた。

いきなり十徳を下賜されるというのは、不名誉になった。それは引き際をわきまえていないという叱責《しっせき》に他ならないからであった。

十徳下賜にも手順はある。まず、そろそろ後進を鍛えてはどうかと勧め、それを拒んだときは老齢につき役目は厳しかろうと説得する。ようは、暗に引退をしろとほのめかしているわけで、このときに身を退《ひ》くのが常識とされていた。

しかし、なかには財政の問題で役料《やくりょう》をなくせない者、跡継ぎが幼くてまだ役職を与えられそうにない者など、いろいろな事情でもう少し現役でいたいと考えたり、吾《われ》でなくば役目は果たせないと頑迷《がんめい》に固執《こしつ》する者など、勧告を無視する者もいる。

そういった者に十徳下賜はおこなわれた。

もちろん、これも辞めろという意味だが、命令ではない。

「まだまだ隠居する歳ではございませぬ」

受け取ることを拒否したり、

「休みには楽しませていただきまする」

しれっと受け取っておきながら、辞めない者も出てくる。

そうなるとさらに頭巾下賜、宗匠《そうしょう》羽織下賜がおこなわれる。それでも無視する者には、親戚を呼び出して、説得しろと命じる。

そこまでしてまだ辞めないとあってはじめて、将軍の沙汰《さた》が下る。

「意に染まぬことあり」

「役目に差し障りがこれあるをもって」

言葉は違うが、ようは免職である。

当然、こうなれば罪を得たのと同じになり、今までの功績は取り消し、跡継ぎの召し出しはなくなる。それこそ、三代は小普請組《こぶしんぐみ》で冷や飯を喰らうことになった。

「一度だけだ」

吉宗は気が短い。側近の言いぶんだからこそ認めたが、慣例のように何度も勧告を繰り返すつもりなどはなかった。

「承知いたしておりまする」

幼なじみといっていい加納遠江守は、吉宗の気性を十分に呑みこんでいる。

一礼した加納遠江守が、町奉行たちの控え、芙蓉《ふよう》の間へと急いだ。

四

町奉行は三奉行の一人として、政にもかかわる権を有している。その代わり、毎日朝五つ（午前八時ごろ）から昼八つ（午後二時ごろ）まで登城し、芙蓉の間に詰めていなければならなかった。

とはいえ、江戸という城下にだけしか、その権能は及ばない。寺社奉行や勘定奉行のように、全国を担当していない町奉行は政へかかわることがあまりない。登城はしなければならないが、ほぼなにもすることはなく、ただ茶を飲み、雑談をしているだけであった。

「河内守どの」

「これは遠江守さま」

茶碗を手に相役の北町奉行中山出雲守時春《なかやまいずものかみときはる》と談笑していた南町奉行松野河内守助《すけ》義《よし》が驚きの顔を見せた。

「しばし、あちらでよろしいかの」

「わたくしでございまするか」

密談したいと求めた加納遠江守に松野河内守が怪訝そうな顔をした。

「…………」

「わかりましてございまする。出雲守どの、しばし失礼いたす」

無言で促された松野河内守が相役に詫びを入れて、承知した。

江戸城には多くの役人、大名がいるとはいえ、その規模は壮大で、人のいない空き座敷もそこら中にあった。

「こちらで」

芙蓉の間に近い空き座敷へ加納遠江守は松野河内守を誘った。

「不意の呼びだし、申しわけなく存じまする」

「いえ、することもなく話をしていただけでございますれば」

加納遠江守の謝罪を松野河内守が受けいれた。

「遠回しではなく、直截《ちょくせつ》にお話をさせていただきましょう」

「どうぞ」

身分でいけば御側御用取次の加納遠江守が上になるが、歳でいけば松野河内守が上になる。加納遠江守がていねいな口調で言い、松野河内守はそれを認めた。

「御役をお退きいただきたい」

「なっ」

いきなりの言葉に松野河内守が目を剝《む》いた。

「貴殿は来年で古稀《こき》を迎えられる。まことに慶賀《けいが》の至りとは存ずるが、町奉行は激務でございまする。御役中になにかあっては困りますゆえ、今のうちにご勇退をご決断くださいますよう」

「なにか、わたくしに失策が」

一気に言った加納遠江守に松野河内守が問うた。

「いえ、まことに精励《せいれい》でございまする」

失点はないと加納遠江守が断言した。

「ではなぜ……」

懸念《けねん》を否定した加納遠江守に松野河内守が理由を尋ねた。

「ご年齢ということでご納得を」

加納遠江守が表向きの理由を押した。

「年齢で御役を外されることもままありまするが、それは支障が出ていればこそ。でなければ、お役目を続けていっても問題はございますまい」

加納遠江守の理由は理由としてなりたたないと松野河内守が反抗した。

幕府に役人の隠居についての定義はなかった。何歳になったから、引退しろ、隠居しろとは命じられないのだ。これは家督相続がからむからであった。

息子が先に死んで、遺《のこ》された孫がまだ七歳になっていなければ、原則として家督相続は認められないだけに、祖父が頑張るしかない。

武士は家督をもってご恩とし、ご奉公をするものである。もし、主君が家督相続を否定すれば、忠義はなくなってしまう。

武士の隠居はどういう形にしろ、自ら言い出してもらわなければならなかった。

「…………」

「上様の……」

黙った加納遠江守に松野河内守がおずおずと訊いた。

そもそも御側御用取次は、将軍家へ目通りを求める者たちの振りわけをするのが仕事であり、町奉行の人事に口を挟むことは越権行為であった。

「…………」

加納遠江守はそうだとも違うとも口にしなかった。

「やはり……」

松野河内守が唖然《あぜん》とした。

「わたくしはなにかお気に障ることでもいたしましたのか」

「いいえ」

知らないうちに将軍の機嫌を損ねていたのではないかと問うた松野河内守に、加納遠江守が首を横に振った。

「でなければ、拙者が……」

言いかけた松野河内守の目が大きく開いた。

「誰ぞを町奉行になさりたいのか、上様は」

松野河内守が息を呑んだ。

そもそも町奉行は、旗本としてほとんど登りつめたといえる地位である。しかも松野家はもと北条《ほうじょう》家の家臣で、家康に仕《つか》えたときは二百石の下級旗本でしかなかった。その下級旗本の出だった松野河内守は、新番士《しんばんし》を皮切りに、新番組頭、目付《めつけ》、禁裏付《きんりづき》、大坂町奉行、そして町奉行と出世を重ねて来た。禄高も一千五百五十石に増えている。それだけ立身したということは、役人としての失点はなく、十分に有能であったとわかる。

松野河内守が吉宗の意図に気づくのも当然であった。

「…………」

三度、加納遠江守が沈黙した。

「否《いな》やと申せば……」

「十徳拝領となりまする」

「くっ」

淡々と問いかけに答えた加納遠江守に松野河内守が唇を噛んだ。

「今までの功績に鑑《かんが》みて、御役をお退きになったときは、終生養老料を下しおかれるように手配をいたしまする」

加納遠江守が利を説いた。

終生養老料とは、長年役目を務めて、老齢で十分な働きができなくなったと隠居した役人のなかでも、とくに優れた功績のあった者に与えられる。

「いささかのお気遣いは」

松野河内守が多めに欲しいと願った。

終生養老料は多くとも本禄の一割ていどであった。一千五百五十石の松野河内守ならば、百五十俵くらいになる。

「……三百俵を目指しましょう」

将軍の指図だと口外しない口止めを含めている。加納遠江守が倍になるように口添えすると言った。

三百俵は幕府の規定で玄米百五石に相当する。己が死ねばそこで支給は止まるが、生きている間はずっとそれだけもらえるのだ。引退勧告を出されてから、なにもなしで辞めるか、こちらから願ったという形を取ることで三百俵をもらうか。

「わかりましてございまする。隠居願いをあげまする」

松野河内守が折れるのに暇《いとま》はかからなかった。

「なにかと手配もございますので、三日のご猶予を」

町奉行の役目は多岐にわたる。もちろん、代々町方役人として勤めている与力、同心がいるので、町奉行がいつ代わろうが混乱はまず起きないが、それでも不意の交代はいろいろな問題を引き起こす。主に人事であるが、松野河内守に抜擢された者たちへの影響は避けられない。栄達した者は坂道を下り、冷や飯を喰わされた者は、新しい奉行のもとでの復権を狙う。となれば町奉行所のなかがゆらぎ、勢力争いに手間を取られたぶん、仕事がおろそかになる。

「十日どうぞ」

加納遠江守がそれでは足りないだろうと気遣った。

「かたじけない。では、ごめん」

松野河内守が一礼して、去っていった。

「晩節《ばんせつ》を汚さずにすんだと思ってもらうしかないの」

小さく加納遠江守がため息を吐いた。

主が留守をしている屋敷は、一目でわかる。別段、外見がどう変わったということはないのだが、なんとなく気配が違う。

「ちとお尋ねいたしたい」

水城家の三軒隣、旗本山内《やまうち》家の門前を掃除していた小者に、壮年の武士が問いかけた。

「なんぞ御用でございますか」

腰を屈《かが》めて箒《ほうき》を使っていた小者が背筋を伸ばした。

「この辺りに御広敷用人の水城さまのお屋敷があったと思ったのだが」

「ああ、水城さまならば、あちらでございますよ」

問われた小者が水城家を指さした。

「おおっ、あちらであったか」

武士が感激の声をあげた。

「ですが、水城さまはお留守でございまする」

「お留守とな」

「はい、たしか道中奉行さまになられたとかで、江戸を離れられたと聞きました」

小者が武士に語った。

「そうか、お留守であるか。それは残念」

「御用でも」

無念がる武士に小者が思わず問うた。

「うむ。当家と縁を結んでいただこうと思ったのであるが……せっかく参ったのじゃ。ご挨拶だけでもしていくかの」

武士が少し考えて述べた。

「しかし、お留守宅に女衆《おなごし》ばかりとなると、いささか手土産が要るの。なんぞ、このあたりで土産に向くものはないか」

懐から小粒金を取り出した武士が小者に手渡して訊いた。

「これは……よろしゅうございますので。ありがとう存じまする。お女中衆のお好みとあれば、少し離れまするが、神田《かんだ》明神さまの門前で茶席菓子の落雁《らくがん》を扱っている店がございまする」

「神田明神ならば、さほどの距離ではないな」

水城家のある本郷《ほんごう》御弓町《おゆみちょう》から神田明神まで、小半刻《こはんとき》（約三十分）ほどで行ける。

小者の推薦に武士は従うことにした。

「千屋《せん》一右衛門《かずえもん》と申す店でございます」

「助かった」

付け加えた小者に手を振って武士が背を向けた。

問いをかけた屋敷から見えなくなるように辻を曲がった武士のもとへ、二人の若い武士が近づいてきた。

「篠田《しのだ》さま、いかがでございました」

「やはり水城は留守であるようだ」

壮年の武士が若い武士の問いに答えた。

「では、留守宅には……」

「当主が江戸を離れるのだ。少なくとも士分一人、挟箱《はさみばこ》持ち一人、草履取り一人は連れて出ているはず。女ばかりとはいくまいが、いたところで七百石ならば、二人か三人だろう」

篠田と呼ばれた壮年の武士が告げた。

「それくらいならば、わたくし一人でも十分でございまする」

もっとも若い武士が刀の柄《つか》を軽く叩いて、自信のほどを見せた。

「たしかに原田《はらだ》、おぬしは、藩邸道場でも知られた遣い手であるがな。これは失敗が許されぬのだ。水城家へ討ち入り、赤子を攫《さら》うだけではないのだ。まちがえても赤子はもちろん、奥方にも傷を負わせてはならぬ。どちらも上様にかかわりがある。

もし、傷を付けたり、死なせたりしてみよ。上様が威信をかけて下手人を捜される」

「御上を敵に回す」

原田と呼ばれた若い武士が息を呑んだ。

「そもそも、ことが御上を敵に回すのは違いない。が、人死にさえ出さなければ、上様も目立った動きはなされぬはずじゃ。攫われたのが義理とはいえ孫。孫をお膝元で攫われたとあれば、上様のお名前に傷が付く」

篠田が説明を続けた。

「一気に押しこみ、さっさと赤子だけを連れて逃げる。抵抗する家臣だけを排除し、それ以外には傷を付けぬようにせねばならぬ」

「難しゅうございますな」

もう一人の若侍が腕を組んだ。

「そうだ。難しい。だからこそ、やるだけの価値がある。我らはお家を再興せねばならぬ。そのためならば、なんでもしてのける。そう誓ったはずだ」

「たしかに」

「さようでございました」

若い武士二人がうなずいた。

「言われなき罪で潰された家、若くして遠流《おんる》された殿、そして四散《しさん》した家臣。我らのように上杉《うえすぎ》へ引き取られた者はまだよい。浪々の身となった者たちのほとんどが……」

「行《ゆ》き方《がた》知れずだと聞きました」

篠田の嘆きに原田が応じた。

「卑怯者《ひきょうもの》の家臣だと誹《そし》られ、仕官を望むことさえ許されず、追いたてられたのだ。はたして何人野垂れ死んだことか」

歯がみをして篠田が無念さを表した。

「それでも幾人かは江戸へ残った。なんとしても名門を復活させたいと、下人に混じって汗を流し、人足仕事をしながら臥薪嘗胆《がしんしょうたん》してきた」

「…………」

「ごくっ」

二人の若侍が苦労を思ってか、目を閉じた。

「あれから十五年ぞ。多くが老けた。代替わりした者もいる。あと十年もすれば、ご当主さまを覚えている者もいなくなる。そなたたちは知らぬであろう」

「わたくしは五つでございました。遠くにお姿を拝見したくらいで、お声は聞いたことさえございませぬ」

「拙者は八歳でございました。元服《げんぷく》の祝いだとお言葉をいただきましたが、それだけでございまする」

原田ともう一人が思い出を口にした。

「殿を無道にも弑《しい》された者たちは死んだ。あの者どもはいい。主君の仇討《あだう》ちをすませた満足のうちに死ねた。だが、我らはどうだ。世間から後ろ指を指されながら、仇《かたき》を討とうにももう手の届かぬところに行かれてしまった。我らにはそれさえも許されぬ。ならば、せめて家名の再興だけでもしたい。でなくば、高島《たかしま》の地で敢《あ》えなくなられた左兵衛《さひようえ》さまに顔向けができぬ」

「おう」

「まさに」

三人の思いが一つになった。

「以前の宝永《ほうえい》七年（一七一〇）、吉良《きら》の名を捨てていた蒔田《まいた》が、吉良姓への復帰を御上に願い許されてはおるが、あれは武蔵《むさし》の吉良で、三河《みかわ》を本貫《ほんがん》とする我らが吉良家とは違う。清和源氏《せいわげんじ》河内流足利義氏《よしうじ》長子長氏《ながうじ》さまの子孫三河吉良家こそ本流、長氏さまの弟義継《よしつぐ》の末である武蔵吉良家は分家でしかない。その分家が高家《こうけ》でございと威張っているなど、片腹《かたはら》痛いわ」

篠田が険しい顔をした。

「幸い、本家のお血筋として左兵衛さまの弟君がお二人おられる。御家再興の条件でもある正統筋じゃ。あとは御上にそれを認めさせるのみ」

原田が二人の顔を見回した。

「無頼を装わせた旧臣たちで上様の孫にあたる赤子を攫う。のち、それを偶然知った我らが赤子を取り返す。将軍の孫姫さまをお救いしたとあれば、相応の御褒賞《ほうしよう》となるはずだ。そこで我らは素性を明かし、御家再興を願う。多くは望まぬ。千石もいただければ十分だ。かつての四千五百石にはおよびもつかぬが、まずは家名を復活するところから始めねばならぬ」

「はい」

「承知しておりまする」

念を押すような篠田に、二人の若侍が首肯した。

「将軍家のご一門が、あのていどの警固《けいご》しかない旗本屋敷におられる。これこそ天が与えた絶好の機会である」

篠田が興奮した。

「家名が復活すれば、世間の見方も変わろう。もう、肩身の狭い思いはせずともよくなるのだ」

強く篠田が言った。

「原田、旧臣の皆との連絡はとれておるな」

「散らばっておりますうえに、五人だけではございますが、五日もあれば集められまする」

確認された原田が答えた。

「合わせて八人。それだけいればよかろう。あと、攫った赤子の面倒を見る女の準備も怠るな」

もう一度篠田が念を入れた。

「討ち入られた家の者が討ち入るのだ。やられたほうだったとはいえ、経験しておる。赤穂《あこう》の浪士どものまねをするのは腹立たしいが、まずは目的を果たすことこそ肝心じゃ」

篠田が一度言葉を切った。

「集合した当日の深更《しんこう》に決行する」

「おう」

宣した篠田に原田たちが唱和《しょうわ》した。

第二章　都の一日

一

店を出た出雲屋は、まず東へと歩いた。

「京の道が碁盤の目のようになっていることはご存じで」

「知っている。都を奈良《なら》から京へと移したときに唐《とう》の国の都をまねたと聞いた」

出雲屋の問いに聡四郎は答えた。

「その通りでおます。おかげで場所がわかりやすうなってます。京では北に行くことを上《のぼ》る、南へ行くことを下《くだ》ると言い、東、西はそれぞれ入《い》ると言いますねん。ですから河原町《かわらまち》五条上る東入りちゅうと、河原町 通《どおり》と五条通が交差するところの東北角やとなりますねん」

「わかりやすいのか。通りと通りの間はどうするのだ。四条《しじょう》と五条の間には何軒もの家があるだろう」

「小さな辻にも名前がおます」

「あるだろうが、それを知っているのは地元の者だけだろう。我らのように京を訪れた者は、そんな辻の名前を言われてもどうしようもないぞ」

出雲屋の反論に聡四郎が返した。

「他所《よそ》のお方はどうでもよろしいねん」

「なっ」

そう言った出雲屋に聡四郎が唖然とした。

「他国からお出《い》での方は、祇園《ぎおん》さんや木屋町、東寺《とうじ》はんなんぞで遊んで帰って下さったら結構ですよってなあ」

「むう」

「京はこれといったものがおまへん。洛中《らくちゅう》で米は穫《と》れへんし、魚もいてまへん。せいぜいが、西陣《にしじん》の織物、京化粧なんぞの小間物《こまもの》だけ」

「自力で喰えぬと」

「さすがは勘定吟味役をなされていただけのことはおます」

黙って聞いていた大宮玄馬が、出雲屋の口の利き方に怒った。

「無礼だぞ」

「よい。ここで身分をひけらかしたところで、意味はない。なによりも我らは案内を頼んでいるのだ」

聡四郎が大宮玄馬を抑えた。

「……はい」

大宮玄馬が下がった。

「いや、お見事でございまんな」

出雲屋が感心した。

「昨今のお武家はんは、こっちを商人やと侮《あなど》って嵩《かさ》にかかってきはりますねんけど、水城さまは違います」

「見知った者がいる江戸だったら、こうはいかんぞ。吾にも面目はあるからな」

「当然でございますな。わたくしは江戸へ行くことはございまへんが、もし、江戸で水城さまにお目にかかるとあれば、三歩下がります」

一応の釘を刺した聡四郎に出雲屋が応じた。

「京にとって、我らは旅人でしかない」

「そうでございますな。明日にはいなくなるお方になにを求めたらよろしいかといえば……」

「それしかおまへん」

「金か」

すんなりと出雲屋が認めた。

「ですので、旅人の方々には、きれいな都を見て、楽しんで、帰ってもらいますわ。そうしたら、国で京がいかに素晴らしいかと土産話をしてくれますやろ。ほしたら、聞いたお人が京へ来てくれはるかも知れまへん」

「……畏れ入る」

出雲屋の話に聡四郎が感心した。

「客が来んと喰えない町ちゅうのは、哀れなもんでっせ」

寂しそうな顔を一瞬見せた出雲屋の表情が一変した。

「しゃあけど、その客が全部ありがたいわけやない」

「焼かれた話に繋《つな》がるわけだ」

「…………」

出雲屋が無言で肯定した。

「なるほどな。よくわかった。なぜ、京の者は公家を含めて、皆猜疑心《さいぎしん》が強いのかがな。歓迎した連中に乱暴狼藉《ろうぜき》されたら、たまらぬな」

聡四郎が認めた。

「おわかりいただいたのなら、このまま風光明媚《ふうこうめいび》な景色と名刹古刹《めいさつこさつ》の風格、繊細な京の味、そして濃厚な京女の歓待を楽しんで、江戸へ帰っていただくというわけには」

「いかんな」

からかうような出雲屋に聡四郎が笑った。

「やっぱり」

「主命はなにがあってもはたさねばならぬ。それが武士というものだ。そのために普段から遊んでいても禄をいただけている」

「遊んでいても禄がもらえる。それに気づいてはるだけ、水城はんはすごいですなあ。皆、先祖の功績で得た禄を、吾が手柄とばかりに誇られるお方ばっかりですのに」

聡四郎の意見に出雲屋が感嘆した。

「そうなのか」

「へえ。大体、京へ来なさるお武家はんは、皆様、力で押さえつけたらどうにかなるやろうという考えなしばっかりで」

「所司代さまもか」

「さあ、会《お》うたことないので、所司代はんは知りまへんが、町奉行はんはそうでっせ。おとなしく従えと、どなたさまも言わはりますから」

問うた聡四郎に出雲屋が述べた。

「どういうことだ」

状況を想像できない聡四郎が首をかしげた。

「他のお国は知りまへんが、新任の京都町奉行はんは、京の町屋の代表を町奉行所に集めて、訓示を垂れはりますねん」

「町屋の代表……かなりの数だな」

「数十人はおりますな。まあ、かなり絞られてますけど」

驚いた聡四郎に出雲屋が同意した。

「町奉行所の門を入った前庭に皆が平伏《ひれふ》してるところに、お奉行はんが出てきはって、玄関に立ったままでお言葉をくださいますねん」

出雲屋が口の端をゆがめた。

「それはまた……」

聡四郎が唖然とした。

「江戸町奉行は、そのようなまねをせぬな」

「聞いたこともございませぬ」

確認するように問うた聡四郎へ、大宮玄馬が答えた。

「それだけ京の者《もん》は疑われてますねん。まあ、疑われて当然ですわ。誰も御上をありがたいとは思うてまへんよって。当然ですわな。御上は京になにもしてくれはりません。まあ、朝廷もなんもしはりまへんが」

出雲屋が苦笑した。

「…………」

聡四郎はなにも言えなかった。

「ちなみに大坂はもっと酷《ひど》いっちゅう話でっせ」

「大坂が……」

「あちらさんは、お金で話が進みますよってなあ。なんぞして欲しいことがあったら、自前で金遣わはります。御上に頼らはりまへん」

目を大きくした聡四郎に出雲屋が言った。

「大坂は吝嗇《りんしょく》だと聞いたぞ。その大坂の者が金を出すと」

「吝嗇で商いはできまへん。金は動かして初めて利を生みますねん。蔵のなかに百年仕舞っていても千両は千両、一文《もん》も増えませんやろ。その千両をいろいろなところに撒《ま》いて、儲けを取る。千両で品物を仕入れて、一千百両で売る。それが商売ですわ。大坂のお人が吝嗇やと悪評たてられるのは、無駄な金は出さはらへんからです。要ると思うたら、千両でも平気で遣わはります」

「武家は無駄だと」

「儲けを生みまへんよってなあ」

出雲屋がうなずいた。

「もっとも、大坂で最も金を稼ぐ方法は、大名貸ですけどな。内証逼迫《ないしょうひっぱく》な大名はんに金を貸して、年貢のときに取り立てる。この利息が一割から三割やといいますから、どんだけ大きいか」

「三割は取り過ぎだろう」

金利は一割前後が通常で、あまりの高利は咎《とが》められた。

「そうでもせんと、危のうて金貸せまへん。大名はんの金欠は今に始まったもんではおまへん。それこそ不治の病でっせ。いつ死ぬかわからん相手に金貸すんでっせ、相応のものをもらわんと。それに御上がいつ徳政令《とくせいれい》を出しはるかわかりまへん」

出雲屋がやむを得ないと言い返した。

「徳政令を出した前例はないぞ」

聡四郎が否定した。

徳政令とはその名のとおり、政をなす者が天下に徳を布《し》くとして、困窮《こんきゅう》している庶民を救うため、年貢や賦役《ふえき》の一部あるいは全部を免じたものだ。古くは天皇がおこない、それを鎌倉幕府や足利幕府が踏襲《とうしゅう》した。もっとも、幕府のものは御家人たちの借財を減らし、不満を発散させて謀叛《むほん》などを防ぐ意味合いが強く、徳政とは名ばかりであった。

「出さへんと言い切れはりますか」

「……………」

保証を求められた聡四郎は黙った。

大名、旗本の困窮は聡四郎もわかっていた。幸い、水城家は勘定方を代々務めてきたお陰で、借財をせずにすんでいる。

これは勘定方にはいろいろな権益があり、ただの勘定衆だとしても商家からの付け届けがもらえたからであった。とくに聡四郎の祖父が勘定頭を務めたときは、かなりのものが集まったため、水城家は石高《こくだか》の割に裕福であった。

さすがに勘定吟味役という不正を糺《ただ》す役目で召し出された聡四郎は、そういったものをうけとってはいなかった。なんの権益もない勘定吟味役のときはまだよかった。祖父、父と二代にわたって付き合ってきた商家が、節季《せっき》ごとに気を遣ってくれるていどで断るほどのものではなかった。

それが御広敷用人になったとたん、激増した。

大奥出入りの物品すべてを監察する権を御広敷用人は与えられている。まさにその名前のとおり、大奥の用人なのだ。大奥出入りという看板が欲しい商家や、今現在大奥に品物を納めている商家が切られたりしないようにと、それこそ荷車に載せなければならないほどのものを持参して、挨拶に来た。

「誠意は受け取っておく」

あの吉宗の肝煎《きもい》りで御広敷用人に任じられただけに、そのようなものを受け取ってはどうなるかわかっている。

「ふざけるなっ。吾をそのようなもので飼えると思ったか。無礼者め」

かといって、けんもほろろに拒絶するわけにはいかない。大奥女中と商人は繋がっている。

「今度の御用人さまは、いささか堅すぎまして……」

「それはよろしくない」

商人に泣きつかれては、大奥女中も動かざるを得なくなる。大奥女中の贅沢を支えている出入りの商人たちが来なくなれば、新しい衣装や小間物、菓子などが入ってこなくなってしまう。

「お方《かた》さまにお願いして……」

「不義の疑惑を……」

女しかいない大奥で終生奉公を決められている者たちは、やることに遠慮がない。なにせ、七代将軍家継《いえつぐ》が幼すぎて大奥で生活しており、幕府を実質握っていた側用人《そばよう にん》の間部《まなべ》越前守《えちぜんのかみ》詮房《あきふさ》が大奥に入り浸っていたりで、老中たちも大奥の機嫌を取っていた期間があったことで、女中たちは表の役人より己たちのほうが上だと思いこんでいる。

己たちの楽しみを阻害する者は、大奥の敵だとばかりに手を組んで聡四郎の排除にかかってくる。そうなったら、勝ち目はない。

「御広敷用人さまに無体を仕掛けられました」

雑用をこなす御末《おすえ》の女中がそう言って泣くだけで、聡四郎は終わる。

「馬鹿を申すな。吾が婿ぞ」

もちろん、そんな讒言《ざんげん》を吉宗は信じないが、聡四郎を咎めずに許してしまうと改革がやりにくくなる。

「お身内だけに甘い」

そう思われれば、強硬な手段を使って幕政を改革しようとしたところで、誰も吉宗の指図には従わなくなる。

聡四郎がそのような目に遭わずに御広敷用人を務められたのは、六代将軍家宣《いえのぶ》の正室天英院《てんえいいん》と、七代将軍家継の生母月光院《げっこういん》が仲違《たが》いしていてくれたからで、どちらも相手の足を引っ張ることに夢中で、聡四郎に向かって一枚岩になれなかったお陰であった。

「上様は出されまい」

聡四郎はそれだけしか言えなかった。

紀州家の藩主だった吉宗は、莫大な借財を抱えていた紀州藩を倹約と殖産で変え、借財をなくし、備蓄を作った。

「遣わず、入るを考えれば、借財はなくせる」

吉宗には実績がある。

「同じことをすれば、いずれ大名、旗本の借財はなくなるはずだ」

そう吉宗は信じているし、そうさせるつもりでいる。

「徳政を期待するなど甘えである」

聡四郎は吉宗の考えを理解しているつもりであった。

「数が違いますねんで」

それを出雲屋は受けいれなかった。

「紀州さまのご家中は、多くて五千ですやろ。内証も五十五万石やから実際は三十万石はおまへん。しかし、御上となると桁《けた》が違います。お旗本の数も八万騎は多すぎますやろうけど、四万人はいてはりまっしゃろうし、石高も紀州家の八倍はいきます。借財の嵩も大違い」

「……それは」

出雲屋の言は事実であった。

「四万人の半分、二万人が食べていけないから、徳政をと言い出さはったら、それを抑えきれますか」

「…………」

聡四郎は答えられなかった。

「将軍はんには弱みがおますよって、無理ですやろ」

「分家の出ということか。だが、そんなもの、ご当代だという事実の前には何の意味もない」

「たしかにそうですけどなあ。人の心はそれでは納得しまへんで。本家のお方ならば、我らをお見捨てにならない。紀州家の出だから、紀州には気を遣うが、我ら旗本にはお情けがない……そう言い出さへんとはかぎりまへん」

「そんな馬鹿なことを……」

「否定できまへんやろう」

「…………」

念を押すような出雲屋に、聡四郎は反論できなかった。

「金ちゅうのは、なかったら生きていけまへん。また、一度覚えた贅沢は止められまへん。白飯の味を覚えたら、満足していた麦飯がまずうなる。絹ものの肌触りを知ってしまえば、麻はごわごわする。清酒を飲んだら濁り酒ではどうにも酔えん。ですやろ」

出雲屋が聡四郎へ問いかけた。

「我らは武士ぞ。武士は戦うのが本分、腹が減っては戦はできぬゆえ、喰わずに辛抱はできずとも、麦飯で文句はない」

「お見事ですけどなあ、それは水城はんのお心構えでっせ。他のお方は違います」

言い返した聡四郎に出雲屋が諭すように告げた。

「なにより、人が贅沢に慣れるのは、泰平の証拠でっせ。明日家が焼かれるかも知れん、略奪に遭うかも知れんなんぞと思っていたら、誰も贅沢しまへん。家なんぞ、雨風防げたらええ、衣服なんぞ裸でなきゃええ、簪《かんざし》や櫛《くし》みたいな小間物なんぞ持っていたら襲われるよって要らん。食いものもそうです。天下が荒れていたら、地方からのものの流れが止まります。海がなければ魚は手に入らない、塩も高い。こんな状況で、誰が金を遣いますやろうか。人々が贅沢を覚えているのは、政が安定しているお陰」

「天下が落ち着いているから、人は金を遣う」

「そうですわ。お武家はんが金を遣ってくれれば、ものが売れます。当然売れたら追加せんなりまへん。儲けを見過ごすようでは商人とは言えまへんでな。それが食いものならば百姓や漁師に、小間物ならば職人に、注文がいきます。そしたら百姓や職人にも金が入る。金が入れば、家を大きくしたり、新しい道具を買《こ》うたりしますやろ。結果、大工や職人が忙しゅうなる。こうして天下は裕福になっていきますねん。金を遣うなちゅうのは、この回り回っている金の道を細くすることです」

「上様の御倹約がまちがっていると」

「まちがっているとは言いまへん。いかに贅沢やとはいえ、無駄遣いはあきまへん。金が死にます。金は生かさな」

怒気《どき》を孕《はら》んだ聡四郎に、出雲屋が首を横に振った。

「徳政令では金が死にます。たしかに年利一割もろうてたら、十年でもとは取ってますわ。しかし、それで元金を徳政令でなかったものにされたら、十年金を遊ばせていたのと同じになりますやろ」

「利子なしで貸していたことになるか」

聡四郎は出雲屋の言いたいことを理解した。

「金は増えてこそだと」

「はい」

出雲屋が首肯した。


「殿」

立ち止まって話しこんだ聡四郎と出雲屋に、大宮玄馬が気まずそうに声をかけた。

「どうした」

「周囲を」

問うた聡四郎に大宮玄馬が小声で述べた。

「……あっ」

「見せ物《もん》になってましたなあ」

京では珍しい武士と商人が路上で激論をかわしていたのだ。物見高い京の町衆が見逃すはずはなかった。

「あれ、炭の出雲屋とちゃうか」

「なんぞ、武士に絡まれてるんと違うか」

聡四郎はまだいい。京では誰も顔を知らないが、出雲屋はそうはいかなかった。顔見知りが野次馬のなかに何人もいた。

「行きまひょ。残りの話は木屋町で」

そそくさと出雲屋が足を急がせた。

二

木屋町には高瀬川《たかせがわ》に沿って、多くの茶屋が並んでいる。そのほとんどが、芸妓や舞妓《まいこ》を呼んでお座敷遊びをする場所であるが、遊女や芸妓を連れこんで閨ごとをする場所としても使われていた。

「話、聞いてくれてるか」

並んでいる茶屋のなかでもひときわ古そうな店の暖簾を出雲屋が潜った。

「ああ、若はん、お嬢はんからお使いが見えましたえ」

出迎えた女中がうなずいた。

「ほなええわ。大切なお客はんやからな、手厚う頼むで」

「へい」

出雲屋の念押しに女中が微笑んだ。

「若はん……」

聡四郎は女中が出雲屋をそう呼んだことに引っかかった。

「拙者より歳上だぞ」

「うちのお嬢はんの旦那はんでっさかい、若はんとお呼びしますねんわ」

女中が聡四郎の文句に笑いながら答えた。

「ふむ。それもそうか。大名でも父が当主である間は、いくつになろうとも若殿だしの」

聡四郎が苦笑した。

「いつもの座敷でええな」

「二階の突き当たりを用意してます」

確認した出雲屋に女中が応じた。

「ほな、行きまひょ」

さっさと出雲屋が階段をあがっていった。

間口より奥行きがある京の茶屋は、廊下が狭い。

「外さねばなるまい」

聡四郎は太刀と脇差《わきざし》を腰から外し、左手で持った。

「はっ」

大宮玄馬も聡四郎に倣《なら》った。

武士は刀を腰に帯びる。腰骨の辺りに鞘《さや》が来る関係で、どうしても柄《つか》がへそ側に、こじりが外側へと傾いてしまう。その状態で十分な広さのない廊下を進めば、こじりが襖にこすれたり、場合によっては突き破ったりしかねない。茶屋の襖は店の格にもよるが、意匠《いしょう》をこらしたものが多く、破いてしまうと大事になった。

「どうぞ、奥へ」

奥座敷の襖を開けて、出雲屋が聡四郎を促した。

「うむ」

武士と商人では身分が違う。たとえ、聡四郎が頼んで案内をしてもらっているとはいえ、これは変えられなかった。

「わたくしはこちらで」

大宮玄馬が座敷の襖際へ腰を下ろした。

「大事おまへんで。いまどき、茶屋へ押しこんでくるような阿呆はいてまへん」

警戒する大宮玄馬に出雲屋が手を振った。

「辛抱してやってくれ。あれが家士の役目である」

聡四郎が出雲屋を宥《なだ》めた。

「そうでっか。ほな失礼して」

出雲屋が大宮玄馬の前を横切って、聡四郎の真向かいに座った。

「ようこそ、おいでやす」

待っていたかのように、廊下から女の声がした。

「ああ、お義母《かあ》はんか。開けておくれ」

出雲屋が応えた。

「ごめんやす。当店の女将《おかみ》でございまする」

「幕臣、水城聡四郎である。それは家士の大宮玄馬。本日は世話になる」

頭を下げた女将に聡四郎が名乗った。

「惣兵衛はん、いつもの手配でよろしいんか」

女将が出雲屋に問うた。

「いつもより、気遣《きづこ》うてや」

「地方は要らんと満から聞いておますが」

「そうや。地方より、話のうまい妓《こ》を頼むわ。年増《としま》がええな」

女将に出雲屋が要求した。

年増とは、おおむね二十五歳をこえた芸妓のことをさす。おおむね十五歳くらいで襟替《えりが》えをして舞妓は芸妓になる。そのとき襟替えをしてくれる客を旦那といい、舞妓を吾がものとして手折《たお》れる代わりに、祝いの宴席、引き出物、衣装などすべての費用を出す。売れっ子といわれる舞妓ともなると、何人もの旦那が手をあげるため、一種の競《せ》りになり、それこそ千両かかることもあった。こういった舞妓は芸妓となってから、茶屋への義理とも言える年季をすますなり、旦那に引き取られて消えていく。

もちろん、舞妓のすべてがそうなるわけではなかった。

美貌であっても質《たち》の悪い家族が付いていて、それこそ毎日のように金をせびりに来るとか、見た目はよくても話し上手ではなく、人形のように見ているだけとか、旦那が付くほどの器量ではないとかで、襟替えをしてもらえない者もいる。そういった妓たちは、茶屋に借金をして舞妓から芸妓になるしかない。また、襟替え祝いをしてもらいながら、その後旦那との縁が切れ、自前となった芸妓もいる。こういった者たちのほとんどは、そのまま芸妓を続けるしかなく、歳を重ねた年増芸妓と呼ばれた。

それだけに生き残っていくのが難しく、座持ちが悪ければ客はつかない。客がつかなければ、衣装代や襟替えの代金などが支払えず、借財が膨《ふく》らんでいき、やがては芸ではなく身を売ることになった。

「寿々花はあかんやろ」

「あいにく、声はかけましてんけど、今日は昼からお客はんと伏見はんへ行かはるとのことで」

「京一売れっ子の寿々花を連れて、伏見はんかいな。寿々花の花代は昼前からかかるうえに、駕籠賃、昼代、供の心付け、その後座敷で一席となると、百両ではきかんなあ。それはまた豪儀《ごうぎ》な」

出雲屋が女将の話に感嘆した。

「百両とは、なんともはや」

聡四郎が絶句した。

吉宗の差配で七百石に加増された聡四郎の年収は、米で三百石、金にして三百七十五両ほどである。そこから大宮玄馬、用人、その他の奉公人の俸給を出すため、残りは二百五十両を割る。幸い、町屋の出である妻の紅がうまく内証をこなしてくれているので、借財をすることはないが、とても一日の遊びに百両などという大金は出せなかった。

「大店《おおだな》でしたら、それくらい数日で稼ぎまっせ。うちは炭という値の安いものですよってに、なかなかそれだけは稼げまへんが」

出雲屋が説明した。

「というわけで、京でもっとも売れっ子の芸妓は残念ながらお見せできまへん。女将、ええのを見繕ってや」

「任しておくれやす」

芸妓の手配は任せると言った出雲屋に、女将が胸を張った。

「では、それまで、景色でも眺めて待ちまひょう」

出雲屋が窓の障子を開けた。

木屋町には京の闇を一手に握る利助《りすけ》の宿《やさ》があった。今は、江戸への足がかりとして品川《しながわ》を手中にし、利助はそちらへ移っているため、京はその配下が支配していた。

「あれは……」

茶屋へ入っていく聡四郎たちを、一人の無頼が見ていた。

「まちがいない。あいつや」

無頼が聡四郎を睨んだ。

「兄貴の仇、まだ京におったんかい」

苦い顔を無頼が見せた。

「あっさりと兄貴を斬りやがって……」

無頼が悔しげに唇を噛んだ。

「干支吉《えときち》の叔父貴に報《しら》せるわけにはいかへん。干支吉の叔父貴に知られたら、手柄を持っていかれる」

利助の留守を守っている干支吉を無頼は外そうとした。

「あの侍を殺して、おいらが兄貴の跡に座るんや」

無頼は興奮してきた。

「兄貴が預かっていた賭場は二つある。どっちもええ場所や。西陣の旦那衆も客に居てる。一つでも月に二十両はもらえる」

賭場の儲けは、寺銭《てらせん》と呼ばれた。これは町奉行所の手が入らない寺で賭場が開かれたことによる。寺銭は、一回博打《ばくち》がおこなわれるたびに賭け金の何分かを天引きする。他にも賭場で使われる金代わりの木札の交換でも手数料を取る。しかも金から木札、木札から金へと交換するたびに手数料がかかる。

賭場を親分から預かっている配下は、この寺銭などの儲けの幾ばくかをもらえた。当然、客の入りが多く、大金を賭けてくれる大口の客がいる賭場ほど、配分は多かった。

「匕首《あいくち》の忌蔵《きぞう》と言われた兄貴が勝てなかったんや。一人でどうにかなるもんやない。

家臣らしいのも連れているし」

無頼が二の足を踏んだ。

「誰かを雇う……あかん、そんな金はないし、手伝わせた連中が後々までたかってくる」

決まりや義理など、あってないのが無頼である。

「だけど、この機を逃すのは……」

無頼が苦悩した。

「……一人ではでけへん。かといって逃すわけにはいかへん。賭場二つか、一つを餌に手を借りるか。四条の賭場やったら、四十両ほどにはなる。四条だけで辛抱するしかねえなあ」

ようやく無頼が決断した。


茶屋の遊びなど聡四郎はしたことがない。

「ようおこし」

「おおきに」

小半刻《こはんとき》（約三十分）ほどで芸妓が二人顔を出した。

「おうおう。来たか、相花《そうはな》、翠《みどり》」

出雲屋が手を叩いて、歓迎した。

「あちらのお武家さまの隣へな」

「あいあい」

相花が聡四郎の右手に手を突いた。

「よろしゅう願います。相花と申します」

相花が頭をさげた。

「翠はわたくしの隣へ」

「よろしんで」

出雲屋に言われた翠が、大宮玄馬を気にした。

「あちらはんは、警固《けいご》やそうでな」

「警固……まあ、恐ろしい」

翠が身を震わせた。

「なんもないわいな。さて、始めようか。酒を注《つ》いでんか」

出雲屋が芸妓たちを促した。

「……あまり飲めぬのだ」

聡四郎が数杯重ねたところで、盃を置いた。

「さようでございますか」

相花が瓶子《へいし》を下げた。

「出雲屋」

「……なんともまあ」

急《せ》かされた出雲屋が苦笑いをした。

「京の名花を隣に置いて、まったく変わらんとは、畏れ入りますな」

出雲屋が残っていた酒を干した。

三

「さて、今日、二人を呼んだんは、話を聞かせてもらいたいからや」

「話……」

「なんのお話をさせてもらえばよろしゅうおすのやろ」

出雲屋に言われた二人の芸妓が顔を見合わせた。

「最近、座敷でおもしろい話を聞いてないか。ああ、もちろん、お客の名前は出さんでええ」

「お座敷でどすか……」

「どないしまひょ、姐《ねえ》はん」

翠と相花が顔を見合わせた。

「わたしが請け合う。ここでの話は漏らさへん」

戸惑う芸妓に出雲屋が真剣な顔をした。

「ほれ、口の糊《のり》、剝《は》がしや」

出雲屋がすっと小判を翠のたもとに滑りこました。

「……すんまへん」

翠がうなずいた。

「相花、おまはんにも後で渡すさかいな」

出雲屋が二人で一両ではなく、一人ずつだと告げた。

「おおきに」

相花が頭を傾けた。

「ほな、わたしから」

最初に一両もらった翠が口を開いた。

「西陣の旦那衆のお座敷が増えたように思います」

「たしかに増えました」

相花も同意した。

「西陣の旦那衆なら、毎日でもおかしないやろ」

出雲屋が怪訝な顔をした。

西陣は京織物の町である。今は上西陣組、下西陣組の二つに分かれてはいるが、もともと一つの組として、職人たちが集まってできていた。その歴史は奈良から京へ都が移ったころまで遡《さかのぼ》るとされ、西陣の名前は応仁《おうにん》の乱のおり、一方の大将であった山名宗全《そうぜん》がここに陣を布《し》いて、東に陣を構えた細川勝元《かつもと》と対峙したことによっている。

乱世で京が荒れたとき、職人たちが地方へ散ったりもしたが、徳川が天下を取ってからふたたび織物の町として栄えてきていた。

金糸銀糸を使った重厚な織物は、泰平になったことで力を付けた商人の好みに合い、人気を博したことで、高価な衣装の代名詞ともなっている。

「へえ。前から声をかけてはくださいましてんけど、普段はお一人か、お仲間うちの数名でお出でになり、お座敷で派手に遊んでという形でしたけど……」

「最近は、西陣の旦那衆が五人とか十人とかお集まりで、音曲《おんぎよく》はなし、酒と料理だけというのが増えましてん」

翠と相花が語った。

「音曲なしとなれば踊りも謡《うた》いもあらへんがな。それでは芸妓を呼ぶ意味がないやろう」

出雲屋が首をかしげた。

「お酒とお料理の取り分けをさせてもらいました」

やったことを翠が述べた。

「そんなことなら、女中にさせたらええやろ。心付けだけですむがな」

芸妓の代金、花代はそこそこの費用になる。芸妓の格、売れぐあいなどで変化するとはいえ、それでも一刻《いつとき》（約二時間）ほどでも一朱《しゆ》や二朱ではすまない。さらに芸妓にはそこに心付けも要った。

「舞妓なら、まだ花代はかからへんがな」

芸妓になって一人前、舞妓は芸妓になるための修業期間と考えられているため、花代は不要とされていた。もちろん、これは建前で、それこそ一日引きずり回して、なにも払わないなどをすれば、たちまち悪評が遊所に拡がり、どこの茶屋も客として扱ってくれなくなる。とはいえ、それでも芸妓よりは安くすんだ。

「……見栄やな」

少し考えた出雲屋が呟《つぶや》いた。

「見栄……」

聡四郎が不思議そうな表情をした。

「へえ。おそらくですけどな。それをお話しする前に……」

答えを保留した出雲屋が、翠を見た。

「そこで西陣の旦那衆が話していたのは、御上の倹約令が京にまで来るかどうかやろ」

「よくおわかりに」

「千里眼《せんりがん》やおへんか」

出雲屋の言葉に翠と相花が驚いた。

「それしかないやろ。西陣の旦那衆が鳩首《きゅうしゅ》しはるとしたら、倹約しかないわ。絹もの禁止なんぞになってみなはれ、西陣の着物は売れへんようになる」

「それと見栄がどう繋がるのだ」

より聡四郎は困惑した。

「京は見栄の町でっせ。なにせ京にいてはる公家はんが、名前しかおまへんやろ。五摂家《せっけ》はんでも二千石あるかないかでっせ。そのへんの諸大夫《しょだいぶ》はんなんぞ、二百石くらいですわ。官位だけはそのへんの大名はんより上、しかし、実入りは十分の一もない。そのうえ、公家はんは武家を血腥《なまぐさ》いとして嫌ってはります。金はないけど武家より下にはなりとうない。ほしたら、どないします。官位が上やというて威張るしかおまへんがな。そして、威張っておきながら、みすぼらしい恰好はできまへんやろ。少なくとも他人の目があるところでは、相応の身形《みなり》をせなあかん」

「それが見栄か」

「そうでおます。公家はんが主人の都、天皇さまのおわすところ。その京で金満家と言われている西陣の旦那衆ですわ。そら、見栄張らはりまっせ」

理解した聡四郎に出雲屋が首肯した。

「同業だろう。倹約令が出されれば、どこも影響は同じはずだ」

聡四郎が疑問を口にした。

「やからですわ。うちは倹約令が出ても影響ない、あるいはそれくらい気にしないだけの余裕がある。それを同業に見せつけてるんで」

出雲屋が言った。

「意味がわからぬ」

聡四郎が首を左右に振った。

「商人にとって、見栄は大事ですねん。吝《しわ》いまねでもして、あそこは余裕がないとか、金に困っているとか噂が立ったら、取引が成立せんようになりますわ」

「ああ、そういうことか」

言われた聡四郎が手を打った。

「今までもそうであったら、あそこはそういう家風だと思って見逃してくれても、贅沢をしていたところが倹約しだすと、金がないのではないかと疑われるわけだ」

「そのとおりで」

満足そうに出雲屋が首を縦に振った。

「相花、おまはんはなんぞないんかいな」

金を払ったのになにもなしは許さないと、出雲屋が問うた。

「そうお言やしても……」

相花が袖を折ったり拡げたりして、困っていると見せつけた。

「…………」

それを出雲屋は無視して、見つめた。

「そういえば……」

ふと相花が声を出した。

「なんぞ思い出したんかい」

出雲屋が先を促した。

「……しやけど」

相花がためらった。

「なんぞ怖い相手かいな」

すぐに出雲屋が気づいた。

「へえ」

小さく相花がうなずいた。

「こちらは御上の偉いお役人さまやで。どんな相手でも大丈夫や」

「でも……」

出雲屋に言われても相花が口ごもった。

「権だけでなく、剣もあるぞ。どちらかといえば、そちらが得意だ。とくにあれに控えている大宮玄馬は、一流の剣客である」

聡四郎が大宮玄馬へと目をやった。

「のう、玄馬」

さらに聡四郎が大宮玄馬に同意を求めた。

「剣ならば、そうそう後れは取らぬ自信がござる」

その意図が相花を安心させるためのものだと読んだ大宮玄馬が、置いている剣に触れて見せた。

「頼もしいこと」

翠も流れに乗った。

「姐はん……」

それがなにを意味するか、わからないようではとても客あしらいを生業《なりわい》とする芸妓としてやってはいけない。ここで黙れば、相花は出雲屋に見限られ、茶屋からも出入りを禁じられる。

「わたいの話やおまへん。聞いた話どす」

最初に相花が逃げ道を作った。

「誰の話でもええ。噂でもかまへんで」

出雲屋が相花のずるさを認めた。

「ほな、申しあげまする。木屋町の親分さんをご存じでございますやろか」

「知ってる。京の裏の大立者や」

尋ねた相花に出雲屋がうなずいた。

「その親分さんに牙剝こうとしているお方がいてはりますねん」

「そらおるやろう。裏は表の理屈が通らん。強い者がすべてを握るさかいな。弱い者は強い者に従うか、尻尾を巻いて出ていくか、それとも力尽くで奪うしかないわな。で」

出雲屋が続きを急かした。

「なにやら、木屋町の親分さんがいてはらへんうちに、京を奪うとか言うて、気勢《きせい》を上げてはりますねん」

いつの間にか相花が伝聞でなく、見聞きしたことを語るような口調になった。

「ほう。何人くらいおるんや、そんな活《い》きのええのが」

「座敷へおいやすのは、五、六人どすけど、お話し振りからでは二十人以上やとか」

「それは多いな」

思わず聡四郎が口を出した。

「……で、そいつらはどうするちゅうてんねん」

出雲屋が聡四郎を目で抑えて、相花に話を続けさせた。

「これは確かやとは言えまへん」

「わかってるがな。ああいった連中や、大言壮語《たいげんそうご》は当たり前やで」

ためらうことはないと出雲屋が相花を説得した。

「なんでもお偉い公家はんから依頼を受けて、侍二人を仕留めるとか」

「お偉い公家はん……」

「侍二人……」

相花の言葉に出雲屋と聡四郎が、違うところに引っかかった。

「いつの話かいな」

語気を強めることなく、出雲屋が訊いた。

「三日ほど前のことでおました」

相花が告げた。

「最近のことやなあ。そいつらのまとめ役はいてたんか」

「へえ。一人の浪人はんが、ずいぶんと丁重に扱われておました」

出雲屋の質問に相花が答えた。

「どんな浪人であった」

聡四郎が興味を示した。

「大きなお方でおした。お歳のころは三十そこそこで、身ぎれいにされてましたえ」

相花が語った。

「名前を呼ばれてはいなかったか」

「……名前どすか」

さらに問うた聡四郎に相花が記憶をたどった。

「……そういえば、小野寺《おのでら》はんと言われてはったような」

相花が曖昧《あいまい》な返答をした。

「そうか、そうか。いや、おおきにやで。二人ともご苦労はんやったな。きっちり刻限までの花代は付けとくさかい、もうあがってくれてええで」

出雲屋がさりげなく二人の芸妓を帰らせた。

「おおきに」

「またよろしゅうに」

翠と相花がしなを作ってから、座敷を出ていった。

「水城はん」

「やはりそう見るか」

芸妓を相手していたときとはうって変わった険しい表情の出雲屋に、聡四郎が苦い笑いを浮かべた。

「お偉い公家はんにお心当たりは」

「あるな。さすがに拙者が直接恨みを買ってはおらぬぞ」

睨まれた聡四郎が手を振った。

「では、どなたが」

「上様だな」

「……将軍さまですか」

出雲屋が口調を硬くした。

「知っているだろう、近衛《このえ》家の姫さまが六代将軍家宣さまの御台所《みだいどころ》となられたことを」

「存じております。お武家嫌いの近衛さまが姫さまを出されたと、京でも噂になりましたので」

聡四郎の確認に出雲屋が首肯した。

「今は天英院さまと申しあげる近衛さまの姫と上様が、大奥に倹約をさせるさせないでもめられてな。そのときの大奥を統轄する御広敷用人が拙者であった」

「ああ、矛先《ほこさき》が水城さまに向いたのでございますな」

出雲屋が納得した。

「結果として、上様が勝たれ、天英院さまはお慎みになった」

「お慎み……それはっ」

聡四郎の話に出雲屋が絶句した。

近衛家の姫といえば、天皇の中宮《ちゆうぐう》となるだけの格を持つ。女ゆえに位階《いかい》は持たないが、そのへんの大名なんぞ、足下にも及ばない。それを咎めたと聞いた出雲屋が驚くのは京の住人としては当然であった。

「将軍さまのお仕打ちに腹をお立てになっても、江戸は遠い。まさか、京から江戸城へ刺客を送るわけにはいきまへん。辛抱なさっていたところに、将軍さまの腹心ともいうべき、水城さまが京へやって来られた」

「まさに飛んで火に入る夏の虫だな」

聡四郎が苦笑した。

「水城さまは紀州のご出身で」

ふと出雲屋が思いついたように尋ねた。

「いいや、代々の旗本だ」

「そのお旗本が、将軍さまが倹約を押しつけようとするところに派遣される。大奥の次が京……」

出雲屋が疑いの目で聡四郎を見た。

「紀州以来の家臣でもない者をそこまで重用《ちようよう》するのが不思議か。不思議だな。たしかに」

聡四郎は出雲屋の疑念を悟った。

「清閑寺権大納言さまがご紹介なさるのも……」

気になればすべてが疑わしい。出雲屋が聡四郎をじっと見た。

「一応、申しておくが、拙者は隠密《おんみつ》でもないし、身分を偽ってもおらぬ。先祖代々の旗本だ」

聡四郎が念を押した。

「ただな、吾が妻がな」

「お、奥方さまが、どうなさったと」

少しだけ出雲屋の腰が引けていた。

「上様の御養女なのだ」

「ひえっ」

出雲屋が腰を抜かした。

「いろいろあってな。そうなってしまったのだがな、妻はもともと町屋《まちや》の出だぞ」

「お戯《たわむ》れを。町屋の女が将軍さまの養女さまになんぞなれるはずおまへんがな」

衝撃からか、出雲屋の言葉遣いが無茶苦茶になっていた。

「嘘ではないぞ。妻の実家は人入れ稼業だ」

「ほんまでっか」

告げた聡四郎に出雲屋が確認した。

「拙者が勘定吟味役をしていたころに知り合ったのだが、町屋の娘を妻にするには形だけでも武家の女に仕立てねばならぬとなってな。そのとき、まだ紀州藩主だった上様が、養親になってやると」

聡四郎がかいつまんで話した。

「それでもおかしゅうございます。紀州藩主さまと水城さまがどうやって知り合うと。それも義理とはいえ、将来の親子になるなぞ」

紀州藩主は徳川家の一門、それも将軍を出せる御三家の一つである。大名でさえ、そうそうに話ができるものではなかった。

「そう言われればそうだな」

聡四郎も感慨深い気分になった。

吉宗と聡四郎の出会いは、参勤交代で江戸へ出てくる吉宗を襲った者を聡四郎と大宮玄馬が防いだところに始まる。聡四郎はそう思いこんでいただけに、他言《たごん》はできなかった。将軍になる前とはいえ、吉宗が襲われたなど外聞が悪すぎるのだ。

「聞かんときますわ。なにやら、藪《やぶ》をつついて蛇を出すどころか、大蛇が嚙みついてきそうな気がしますよって」

なんとか出雲屋が立ち直った。

「ほなら……」

大きく呼吸をした出雲屋が手を叩いて、茶屋の者を呼んだ。

四

一流の茶屋というのは、客に大声を出させないようにする。声だけで他の座敷にいる別の客に誰が来ているかわかったりするからだ。そのため、二階の廊下には小さな声や手をたたいた客でも気付けるよう茶屋の者が一人待機している。

「へい」

手を叩いてすぐに反応があった。

「お義母はんを頼みますわ」

出雲屋が女将を呼んでくれと告げた。

「お待ちを」

すぐに茶屋の者が去っていき、煙草一服吸うほどの間で女将が現れた。

「なんぞ、御用でも」

女将が廊下から用件を問うた。

「すんまへんな。ちいとなかに入ってくれますか」

「へえ」

出雲屋に言われた女将が座敷に入った。

「大宮はん」

「盗み聞きを防げばよいのだな」

声をかけた出雲屋に大宮玄馬が応じた。

「……そうですけど……」

首を縦に振りながら、出雲屋が聡四郎を見た。

「いや、できたご家中をお持ちでんなあ。そこいらのお武家のご家中はんは、言われたことだけしかしはりまへん。しかも懇切ていねいになにをどうせいと指示せんとあきまへんねん」

出雲屋が感心した。

「であろう。自慢の家臣である」

聡四郎が吾がことのように胸を張った。

「…………」

顔を赤くして、大宮玄馬が照れた。

「剣呑《けんのん》な話やおまへんやろうなあ」

盗み聞きを気にしていると知った女将が眉間にしわを寄せた。

「申しわけおまへんなあ」

出雲屋が詫びてから話を始めた。

「お義母はん、利助という名前を知ってはりますやろ」

「……惣兵衛はん」

利助と聞いた女将の顔色が変わった。

「どうかしたのか」

「同じ木屋町の茶屋同士、話くらいしたことおますやろ」

「それは木屋町の会合なんぞで何度か」

出雲屋の確認に女将が嫌そうな顔をした。

「かかわったら、あきまへん。利助は人やない」

女将が出雲屋を諫《いさ》めた。

「大事おまへん。利助と触れあう気はおまへん。まだまだ満を遺して死ねまへんよってなあ」

「それならば、なぜ利助のことなんぞ訊きますねん」

手を振った出雲屋に女将が迫った。

「面倒ごとの話を耳にしましてな」

出雲屋が相花から聞いたとは言わず、利助の縄張りを奪おうとしている者がいるらしいと告げた。

「阿呆なことを……利助に逆らって京で生きていけるはずはないのに」

女将が唖然とした。

「単なる噂やったらよろしいけどなあ、お義母はん」

「…………」

何ともいえない目つきで見た出雲屋に、女将が黙った。

「利助とつきあいがおますやろ」

「……木屋町の町組としておます」

くり返しながらも女将が目を逸《そ》らした。

「ご近所づきあいというわけだ」

聡四郎が口の端《は》をゆがめた。

「そうですわ。わたくしの義母ですよって、そんな面倒な連中とは親しくおまへん。それは調べましたわ」

先妻との間に跡継ぎがあり、今更家督相続の問題も起こらないとはいえ、後添えを迎えるとなればすんなりとはいかないのが、老舗というものであった。

「ややこしい親戚とかいてたら困りますよってなあ」

博打《ばくち》にはまっている者とか、無茶な商いばかりするような者が親戚になっては、金をせびりに来たり、店の名前を勝手に使ったりして迷惑をかけられる。

「もし、そうだったら満どのとは……」

「妻にはできまへん。嵐山か桂《かつら》あたりに家をあてごうて、妾として囲いましたな」

訊いた聡四郎に出雲屋が堂々と答えた。

「満をあきらめる気はおまへん」

「…………」

出雲屋に言われて女将が沈黙した。

「女と博打、その二つを扱う者は、どうしても闇とつきあいせなあきまへん。なしであろうとしたら、潰されますよってな。客を脅したり、女を襲ったり。それこそ店に火を付けることもおます」

「御上は……なにもせぬな」

聡四郎が首を左右に振った。

幕府は基本徳川家であり、領地以外には手出しをしない。天下すべてを支配しているといいながら、大名領の行政には口出しをしないし、手助けもまずしなかった。また、武士のために幕府はある、というより武士以外はどうでもいいのだ。治安があまりよくないと徳川家の名前に傷が付くため、町奉行などを置いてはいるが、町人のために動くことはしない。

「してくれはりませんなあ。もし御上が動いてくださるなら、端《はな》から利助なんぞという親分は生まれまへん」

出雲屋がしみじみと言った。

「己の身は己で守れ、ですわ」

「上様は違うぞ。上様は御法度《ごはっと》を犯す者を許されぬ」

聡四郎が強く主張した。

「ですやろうけど、上様の目は京まで、大坂まで届きますやろうか」

「……いかに上様でも実情を知らずば、的確な手を打つことはできぬ……か」

出雲屋の皮肉を聡四郎は認めた。

「さて、お義母はん、水城さまのお許しも出たことですし、教えてあげなはれや」

「誰になにを」

女将が首をかしげた。

「利助の留守番に。江戸へ出稼ぎに行ってるそうですな」

「そこまで知って……」

女将が出雲屋の実力に絶句した。

「恩売れまっせ。まあ、利助が恩に着るかどうかは知りまへんが」

「ごめんを」

出雲屋の憎まれ口を無視して、女将が出ていった。

「よいのか、満どのの母だろう」

追いこみすぎではないかと聡四郎が危惧《きぐ》した。

「母やからですわ。でなかったら、わたくしが利助の店へ話を持ちこみますわ」

「老舗があんな連中とつきあうのはまずいのではないのか」

「つきあいまへん。話を売りに行くだけですわ。それにわたくしが直接乗りこむわけやおまへん。他人を使います」

聡四郎の疑問に出雲屋が述べた。

「他人……」

「御用聞きを」

「なんだと。御用聞きといえば町奉行所の手の者だろう。それを闇の本拠へやるなど……」

聡四郎が驚愕した。

「ふむう……」

驚く聡四郎を見た出雲屋が思案に入った。

「お勘定吟味役で金、御広敷用人で女……水城さまは人の汚いところを二つ見てきはったようですけど、もっとも厭《いや》らしいものをまだ知らはらへんようで」

出雲屋がため息を吐いた。

「もっとも厭らしいものとはなんだ」

聡四郎が問うた。

「世間ですわ。水城さまは、まだ世間というものをご存じやない」

小さく出雲屋が首を横に振った。

「世間を知らぬ……」

「お話を伺《うかご》うてますとなあ、そこいらのお武家さまとは比べものにならへんほど、よく世間を知ってはるようでおますが、表しか見ておられまへんな」

「さようでおます。表は言わば着飾った女ですわ。見た目は美しゅう取り繕っている。それに欺《だま》される。いや、そこだけしか見なくなる。それが御上でっせ」

「裏を知らぬと」

「上辺だけ……か」

聡四郎が呟いた。

「そのとおりでございます。御上がご覧になるのは、わたしら町人が一生懸命穴を繕った表側。その裏にある実体は見えなければよろしいんで」

出雲屋が続けた。

「年貢が決まっただけ入ってきて、一揆《いっき》がなく、謀叛《むほん》の気配もない。それ以上を御上は望んでおられまへん」

「そんなことは……」

「ないと言えはりますか」

「……むっ」

途中で遮られた聡四郎だったが、黙るしかなかった。

「御上が世間を見てはるんやったら、少なくとも武家の借財がここまで酷くなるまで放っておかれまへんやろ。たしかに、薩摩《さつま》の島津《しまづ》はんや長州《ちょうしゅう》の毛利《もうり》はんら外様《とざま》大名に金を遣わせ、武器や弾薬を満足に用意でけんようにしようとしてはるのはわかりますけどな、それ以上はやり過ぎですわ。なにより、同じように譜代《ふだい》大名はん、お旗本はんらも借財漬けにしてどないしはりますねん。いざというとき、誰が御上を守ると」

出雲屋が黙った聡四郎を見た。

「まさか、譜代大名はんとお旗本はんは、武器も弾薬も満足になくとも、御上のために盾となれるとでも」

「無理だな」

あっさりと聡四郎は同意した。

「だから、それを上様は正されようとしている」

「はい」

すなおに出雲屋が認めた。

「ですけどな、少しばかり遅かったと思いますで」

「手遅れだと」

「医者ならとっくに匙《さじ》投げてますわ。いや、医者より坊主を呼んだほうがましですわ」

確かめるように訊いた聡四郎に出雲屋が首肯した。

「坊主……もう、天下は死んでいると」

「勝手に天下を殺したらあきまへん。死んでるのはお武家はんだけで、わたしら町人は世を謳歌《おうか》してます」

落胆する聡四郎を出雲屋が否定した。

「金か」

「…………」

無言で出雲屋が肯定した。

「金がなければ人は生きていけまへん。米も衣服も買えず、家も建てられない。もちろん、そのすべてを一人で用意しようと思えばできますが、足りないところは出ますで。米は百姓が、布は織物職人が、家は大工が作るのがもっともええんです。そのために皆、修練を積んできたから。明日から水城さまが田を耕しても、秋に稔《みの》りが得られますやろうか。奥さまが機《はた》織りをして、綺麗な衣服ができますか。大宮はんが家を建てて住めますか」

「無理だろうな」

聡四郎はうなずくしかなかった。

「それと同じで、お武家はんは、戦うために努力しはるべきなんですわ。それを怠ってしまっただけでなく、戦費を生活に回した」

「武士だけが、己の分を忘れた」

苦い思いを聡四郎は口にした。

「もう間に合わぬのか、上様がどれだけなさろうとも」

震えながら聡四郎が尋ねた。

「武士が本来在るべき姿を失った。技は一度途絶えれば、もう一度蘇《よみがえ》らせるのは無理でございまする。できても、せいぜいまねたていど。戦場を知っている古武士たちが生きている間に気づくべきでございました」

冷たい声で出雲屋が断言した。

「…………」

聡四郎は声をなくした。

出雲屋に促された女将は木屋町の中ほどにある利助の茶屋の勝手口を叩いた。

「どなたはんで」

「佐原《さはら》屋の阿木《あき》でおます。千支吉はんに」

勝手口の向こうからの誰何《すいか》に女将が応えた。

「佐原屋の女将はんですかいな。ちいとお待ちを」

応答した男の気配が薄れ、しばらくして閂《かんぬき》が外される音がした。

「千支吉でおます。女将はん、どないされましてん。へんな連中でも来ましたんか」

勝手口から千支吉が顔を出した。

「どこから聞いた話かは、ご勘弁を」

「……うちにかかわることですな」

すぐに千支吉が気づいた。

「よろしおす。誰から聞いたかより、なにを聞いたかが大事でっさかいな」

拒んで黙ってしまわれるよりはよほどましである。それくらいの判断ができないようでは、とても本拠地の留守など預かれない。

干支吉が女将の条件を呑んだ。

「……ということでおます」

「阿呆が出た」

女将の話に干支吉が表情を険しいものにした。

「おい、おめえ。小野寺という浪人を知っているか」

後ろに控えている配下へ干支吉が訊いた。

「近江《おうみ》から流れてきた浪人で、相当剣を遣うという噂を耳にしたことがおます」

「顔は」

「あいにく……」

配下が申しわけなさそうに首を垂れた。

「役に立たんなあ。女将はんは」

「知りまへん。ほな、これで」

干支吉の矛先を向けられそうになった女将が何度も首を横に振って、そそくさと去っていった。

「……ありゃあ、まだなんぞ隠してるな。おい、佐原屋を見張れ。どこから話を得たんか、調べえ」

「へい」

千支吉の指示に配下が勝手口から出ていった。

「まったく、親分がいないと知って、なんやかんやとちょっかいかけてくる奴が出てくるわ。……まあ、これも親分の思惑やろうけど、任されてるこっちはたまらんな」

一人になった千支吉が愚痴を漏らした。

第三章　無頼の生き方

一

小野寺たちは、ただ茶屋で遊んでいるだけではなかった。

「どうでえ」

小野寺一党を仕切っている西蔵《さいぞう》が、騒いでいる連中とは違った醒《さ》めた目で、聡四郎たちの見張りに出していた配下の報告を受けていた。

「あの旗本と供は、清閑寺はんへ寄った後、五条の出雲屋へ」

「五条の出雲屋ちゅうたら、炭屋やな。江戸の旗本が京で炭を買うはずはないな。出雲屋は金貸しをしてへん……意味がわからん」

西蔵が首を左右に振った。

「誰ぞ残してあるな」

「へい。一人出雲屋に……あれ」

手配りに抜かりはないと言いかけた配下が、茶屋へ入ってきた無頼に怪訝な顔をした。

「おまはん、見張りは」

配下が問うた。

「出雲屋から旗本が出て、木屋町の佐原屋に入ったんで、お報せに」

もっとも格下になる配下が、西蔵に気遣いながら答えた。

「佐原屋……誰ぞ知ってるかいな」

西蔵が周囲にいる者に訊いた。

「知ってまっせ。ちょっと前に話題になりましたで。娘を親子どころか爺と孫ほど歳の離れた商家の後添えに出したちゅうて」

「……なんか聞いた覚えがあるなあ」

誰かが応じたのに西蔵が首をかしげた。

「ちょっと待てよ……その相手はたしか出雲屋やったんと違ったか」

「そうでっせ」

酔っている配下がうなずいた。

「出雲屋が佐原屋に旗本を連れこんだ……」

「兄貴」

別の配下が西蔵に声をかけた。

「なんや、考えてる最中やぞ」

思考を邪魔された西蔵が不機嫌な顔をした。

「すんまへん。しゃあけど、一つ」

「早《はよ》う、言え」

詫びた配下を西蔵が急かした。

「佐原屋の三軒隣が利助の店でっせ」

「……三軒隣」

教えられた西蔵が腕を組んだ。

「おい作造《さくぞう》、利助の留守を守っているのは干支吉やったな」

「へい」

見張りに出ていた配下が首肯した。

「茶屋には何人くらいおるか知ってるか」

左右に芸妓を侍《はべ》らせて飲んでいた小野寺が西蔵に尋ねた。

「聞こえやしたか、すいやせん。利助の茶屋には、多くて八人くらいかと。ただ、近くの長屋に若いのを五人くらい詰めさせてるので、すぐに駆けつけてきやす」

「合わせて十三人……なら、これだけいればやれよう」

西蔵の返事に小野寺が呟くように言った。

「ひっ」

「……これ」

小野寺に寄り添っていた芸妓の若いほうが脅え、年増がたしなめた。

「やりますか」

西蔵が芸妓を無視して、小野寺に問うた。

「こっちはすぐに何人集められる」

「ここにいる八人と、宿に残っている者全部で十五人は」

小野寺に訊かれた西蔵が計算した。

「二手に分かれてもいけるな」

「分けたら、ちいと弱い気がしますで」

述べた小野寺に西蔵が懸念を表明した。

「旗本のほうは、出ていけないように抑えるだけでいい。それならば四人ほどで足りるだろう。相手がよほどの達人でもない限り、一対二は厳しいはずだ」

衆寡《しゆうか》敵せずの原則を小野寺が持ち出した。

「その間に残りで干支吉を片付ける。八人を十一人で襲えばすぐに終わるだろう。どうせ、さほどの腕の者はおるまい」

「たしかに腕でいけば、こっちの連中とどっこいどっこいですけど……よく、おわかりで」

利助方の戦力を把握している小野寺に西蔵が感心した。

「あの公家どのが言っていたではないか、干支吉に話を持ちこんだが断られたと。公家に大きな恩を売り、ちょっとした金を稼ぐ機を捨てたわけだ。では、その理由はなんだと考えればいい。つまり、あの旗本たちに勝てる者がいない」

冷静に小野寺が分析した。

「たしかにそうですなあ」

もう一度より深く西蔵が感心した。

「では、やろうか」

小野寺が宣した。

「へい。おい、作造、宿の連中を佐原屋に行かせろ」

「承知しやした」

西蔵の指図で作造が駆け出した。

「おめえら、酒は大丈夫だろうな」

「このていどで酔うほど弱くはござんせんよ」

確認する西蔵に、無頼たちが笑った。

「よし、行くぞ」

西蔵が手を振った。

「おおっ」

気勢をあげて無頼たちが出ていった。

「先生、どうぞ」

「すまぬの」

小野寺を先に行かせて、西蔵が残っている芸妓たちをねめつけた。

「要らんことしいなや。女の血は見とうないよってなあ」

「ひいっっ」

口の端を吊り上げた西蔵のすさまじさに若い芸妓が気を失った。

「そろそろですかな。ちいと御免やす」

出雲屋が立ちあがって、廊下へと出た。

「どこへ行く」

「外の様子を見てきますねん。もちろん、上からでっせ。窓を少しだけ開けて、目立たんように」

聡四郎の質問に出雲屋が答えた。

「つきあおう。玄馬」

「はっ」

玄馬が先に立ち、続いて聡四郎も廊下に出た。

「女将の言うことをちゃんと聞いてまんなあ。さすがは名店や」

廊下にいるはずの奉公人が姿を消していた。

「先ほどの他人《ひと》払いか」

「へえ」

確かめた聡四郎に出雲屋が首肯した。

「余分な心付け出さんですみました」

いたら金で黙らせるつもりだったと出雲屋が言った。

「…………」

聡四郎は無言で苦笑した。

「水城はんは、上背がおありやから、わたくしの頭の上から覗《のぞ》いておくんなはれ」

廊下の突き当たりで出雲屋が窓の桟《さん》に手をかけながら、告げた。

「承知」

大柄な聡四郎ならそれができる。小柄な大宮玄馬は出雲屋とあまり変わらないだけに、発案した出雲屋に遠慮することになった。

「殿、わたくしは反対側を」

することがなくなった大宮玄馬が、通りとは反対、鴨川《かもがわ》を望める窓へと向かった。

「できたお方ですなあ」

あらためて出雲屋が大宮玄馬を褒めた。

「もっとも、商人には向きまへんけどな。律儀《りちぎ》に過ぎます」

「それでいい。家臣としてそれこそなによりの素質だ。安心して背中を任せられる者こそ武士の宝よ」

出雲屋の感想に聡四郎が首を横に振った。

「では……」

ゆっくりと出雲屋が窓を少しだけ開けた。

「右手に利助の店がおます」

「見えんな」

「そら、横に並んでまっさかいなあ。窓を開けて身を乗り出さんと。ですけど、そんなことしたら、あっちからも丸見えになりまっせ」

文句を言う聡四郎に出雲屋がため息を吐いた。

「それはつごうが悪いな」

聡四郎が受けいれた。

「……どうやら、女将が帰ってきたようでんな」

下が少し賑《にぎ》やかになったことで出雲屋が気づいた。

「おい」

「どないしはりました」

聡四郎の呼びかけに出雲屋が問いかけた。

「あの柳の木の陰に男が来たぞ」

「どれ……ほんまでんな。どうやら、こっちを見ているようで」

出雲屋も確認した。

「先ほどはいなかった」

「そうでっか。わたくしは気づきまへんでしたけど。となるとどうやら利助の店の者《もん》が、女将の話の裏打ちを取りに来たと考えたほうがよさそうで」

「驚かんな。ということは、それも思案のうちだったな」

聡四郎が出雲屋を見下ろした。

「はて、どうですやろ」

出雲屋がとぼけた。

「義理の母親も使うか」

「お互いさま、ちゅうやつですわ」

あきれた聡四郎に出雲屋が笑った。

「……殿」

大宮玄馬が切迫した声を出した。

「どうした」

聡四郎が振り向いた。

「浪人が無頼を五、六人従えて、四条大橋を渡って参りまする」

すばやく近づいた大宮玄馬が、小声で報告した。

「……そっちが先でしたか」

出雲屋がほんの少し意外だという顔をした。

「なにをした」

聡四郎が険しい声を出した。

「たいしたことやおまへん。水城はんを狙っている連中と利助の手下どもをぶつけたろうと思うただけですわ」

涼しい顔で出雲屋が答えた。

「では、女将を利助の店に行かせたのは」

「利助の配下を煽《あお》って、水城はんを狙っている連中を襲わせようとしたんですが、どうやら逆になったようでんな」

「つけられていたか」

すぐに聡四郎が気づいた。

「申しわけございませぬ」

大宮玄馬が頭を下げた。

「いや、つけられていると知っていながら放置した吾が悪い。しかし、あれは御用聞きのように見えたが……出雲屋の言うように、御用聞きが無頼と繋がっていたか」

「それは違いまっせ」

臍《ほぞ》を噛んだ聡四郎を出雲屋が否定した。

「先ほど、そなたが御用聞きを使って利助と連絡を取ると言ったではないか」

「利助と、と申しましたんで。そのへんのわけのわからん無頼の連中なんぞ、御用聞きも相手にはしまへん。京で一番力を持っている連中やからこそ値打ちがおますねん。端《はした》とつきおうて、大きな連中を怒らせたら、御用聞きとて無事ではすみまへん」

「むう」

出雲屋の反論に聡四郎は唸《うな》った。

「利助の力なら、すぐにでもあいつらの居場所を突き止められますよって」

「無頼に無頼をぶつけて、拙者の身を守ろうと」

「清閑寺はんが気遣えちゅうお相手で、大奥の御用人やったということは、竹姫《たけひめ》さまのかかわりですやろ。将軍さまと竹姫さまが、ええ感じになってはるっちゅう噂は京にも届いてますねん。京の者はみんな、そうなったらええなと思うてます。幼くして、京から江戸へ連れ去られた竹姫さまが、幸せにならはればええことですやろ。とくにわたくしどもは、お出入りでっさかいな。竹姫さまがお生まれになられたときに御祝いに参じてますねん。その後もなんどかお目にかかってますし、江戸へ下らはるときのお見送りも許されてます。厚かましいというか、僭越《せんえつ》をこえて無礼とはわかってますけどなあ、竹姫さまは孫みたいなもんですねん」

「そこまで見抜いた……」

聡四郎は出雲屋の眼力を恐ろしいと思った。

竹姫と吉宗の恋は、天下に知られるとまではいってないが、当然親元である清閑寺権大納言家には報されている。いや、聡四郎が竹姫を吉宗の継室《けいしつ》に迎えるための使者になった。

となれば、御所出入りで信用されている出雲屋に話が聞こえていても不思議ではなかったが、聡四郎の話したわずかなことでそこまで読まれるとは、予想をこえていた。

もっとも、吉宗と竹姫の恋は、天英院最後のあがきで潰されたが、そこまでは知られてはいなかった。

「これが京でおます。おっと、それどころやおまへん。水城はんをつけていた御用聞きの話は後で聞きまっさ。今は、下での騒動を見な」

出雲屋が、もう少し窓を開けた。

「柳の下の見張りが動いたぞ」

近づいてくる小野寺たちに、気づいた利助の配下が逃げ出した。

「これで奇襲はできまへんな」

出雲屋が口の端を吊り上げた。

「浪人たちが足を速めた……四人ほど残ったな」

「こっちの見張りと押さえですやろう」

「ああ」

出雲屋の推測を聡四郎も認めた。

「玄馬、出るぞ」

「はっ」

「無茶言いなはんな。向こうは四人でっせ」

出撃すると言った聡四郎に出雲屋が目を剝いた。

「少しでも減らしておくべきである。それに、あのていどならば、敵ではない」

「はい」

聡四郎の言葉に大宮玄馬も誇らしげに胸を張った。

「止めても無駄そうでんな。わたくしはあてにせんとっておくれやす」

「心配するな。手助けしてくれとは言わぬ」

手助けできないと手を振った出雲屋に聡四郎が手を振り返した。

「よし」

聡四郎が階段を駆け下り、大宮玄馬が続いた。

「ええい、これを見逃すわけにはいかへんわ」

出雲屋が窓を目一杯開いて、身を乗り出した。

二

佐原屋の出入りに集中していた利助の配下は、少しだけ小野寺たちの接近に気づくのが遅れた。

「あいつらは……」

血相を変えて向かってくる無頼と浪人を見て、ただの通行人だと思うわけはなかった。配下はすぐに現状を理解した。

「打ちこみや」

配下が店へと走り出した。

「ちい、あんなところに見張りを置いてやがった」

西蔵が逃げていく利助の配下を見て、舌打ちした。

「少し早いか遅いかでしかなかろう」

小野寺が気にするなと述べた。

「ですが……」

「雑魚《ざこ》は雑魚だ。敵にはならぬ」

まだ未練を言う西蔵に小野寺が笑って見せた。

「へい。おい、一《いち》、馬《うま》、雪造《ゆきぞう》、玉《たま》、おめえらは佐原屋だ。いいか、決して逃がすなよ。旗本もここで仕留めるんだからなあ」

「へい」

「わかってやす」

「やれそうなら、やっちまっても」

指名された連中が、口々に応えた。

「そのへんは、一、おめえが差配《さはい》しい」

西蔵が一と呼んだ男に預けた。

「残りは、利助一味を喰うぞ」

「おう」

西蔵の鼓舞《こぶ》に一同が呼応した。


階段を降りながら、聡四郎が続く大宮玄馬に声をかけた。

「出雲屋の反応から考えて、襲い来た連中と我らが確認していた町方らしき者は違うようだ。ということは、まだ他に町方の目があることを念頭に置かねばならぬ」

「では、いきなり無頼どもに斬りかかるわけには参りませぬな」

大宮玄馬が述べた。

「となるな。いかに道中奉行副役だとはいえ、京の都で問答無用で人を斬ってただですむはずはない」

聡四郎は町方がつけてきているという段階で、後ろに京都町奉行がいると読んでいた。

「ようは、相手次第だ。振りかかる火の粉は、はらわねばならぬ」

「はい」

家士である大宮玄馬の使命は、聡四郎の警固である。そのためには己を犠牲にしてもかまわない。

「まあ、我らをどうこうできるほどの者がいるとしたら、あの浪人くらいであろう。あれは相当遣う」

「足の運びが見事でございました」

聡四郎も大宮玄馬も上からではあるが、小野寺の姿を見ている。まともに剣の修行を重ね、今でも修練を怠らない者の雰囲気を、小野寺から感じていた。

「油断するな」

階段を降りきった聡四郎が、足袋裸足のままで飛び出した。

「馬先つかまつりまする」

その横を大宮玄馬が抜いていった。

茶屋の出入り口は狭い。せいぜい男女が肩を寄せ合って通れるくらいでしかない。また、高瀬川《たかせがわ》や鴨川に近いということもあり、水が出たときに被害を受けないよう、二段ほど高くなっている。

それを大宮玄馬は軽々と跳んだ。

「わっ」

「出てきやがった」

見張っていた小野寺の配下たちが慌てた。

「落ち着け、すぐに小野寺先生が戻るで。取り囲んで逃がさねえようにしろ。雪造、玉、辻をふさげ。馬、わいと一緒にこいつを」

一が指図した。

「任せろ」

「おう」

雪造と玉が左右に分かれ、佐原屋前の辻、その南北を閉じた。

「御上道中奉行副役、水城聡四郎である。狼藉《ろうぜき》は御上への反逆である」

茶屋の出入り口の段の上に立って、聡四郎が名乗りをあげた。

「やかましいや」

馬が匕首を抜いて、聡四郎へ擬《ぎ》した。

「手向かいいたすか。玄馬」

「はっ」

大宮玄馬が脇差を抜いた。

小柄な大宮玄馬は、脇差を使った小太刀の技を得手としている。その疾《はや》さと腕は、師である入江無手斎《いりえむてさい》をして、一流を立てるに値すると称賛されるほどであった。

「小《ち》んまい奴が、粋がるんやないわ」

一が大宮玄馬を脅すつもりか、長脇差《ながどす》を閃《ひらめ》かせた。

「ふん」

一応の勧告はすませてある。大宮玄馬が一と馬を目がけて突っこんだ。

「なにを」

「わあっ」

いきなりの動きに、一も馬も対応できなかった。

「はっ、やっ」

低い姿勢で大宮玄馬が二人の間を駆け抜けながら、脇差を左右に閃かせた。

「ぎゃっ」

「あひゃっ」

臑《すね》を押さえて二人が転がった。

「峰で臑の骨を叩き折ったか。やるの」

聡四郎はしっかりと大宮玄馬が峰の中央、もっとも厚みのある場所で臑を打ったところを見ていた。

「なんだっ」

「斬られた」

雪造と玉が倒れた仲間の様子に、恐慌《きようこう》を来《きた》した。

「仇だ」

「ああ」

二人が左右から聡四郎へ迫った。

「北を任せる」

聡四郎は北から襲い来る雪造にすっと背を向け、南から近づいてくる玉へ対峙した。

「阿呆め」

聡四郎の背中に雪造が匕首を突き立てようとしたところへ大宮玄馬が止めに入った。

「…………」

「へっ」

無言で脇差を振りあげた大宮玄馬に、雪造が一瞬呆《ほう》けた。

「……ひっ、腕が……」

雪造の右腕が匕首を持ったままで肘から両断されていた。

「よっしゃああ、取ったあ」

聡四郎で背後の遣り取りが見えていない玉が、聡四郎に身体をぶつけようとした。

「甘いわ」

すっと半身になってその突撃を躱《かわ》した聡四郎が、勢い余ってたたらを踏む玉の腰を蹴り飛ばした。

「ぐえっ」

玉が潰されたような声をあげて、地に顔を突っこみ、気を失った。

「取りあげておけ」

「はっ」

血濡れた脇差を右手にさげたままで、命じられた大宮玄馬が雪造の匕首を拾いあげ、遠くに放り投げた。

「さて、こちらは片づいたな」

四人はもう戦えない。聡四郎の背を狙った雪造だけは腕を飛ばされて、血止めをしないと死ぬだろうが、手当をしてやる義理はない。

聡四郎は利助の店へ目をやった。

「あとはあちら次第だ」

「行かはりませんので」

そこへ二階から声がかかった。

「無頼の縄張り争いなど仲間割れみたいなものだろう。どちらの手助けをする意味もない」

「ちと違いますけどなあ、仲間割れとは」

無頼同士の切った張ったなど、聡四郎にとってどうでもいい話でしかない。傍観すると答えた聡四郎に出雲屋が苦笑した。

「どうだ、そこからなら見えるか」

「あきまへん」

聡四郎の問いに出雲屋が首を横に振った。

小野寺たちの接近を見張り役だった配下が報せたときには、もう籠城《ろうじょう》の準備をする余裕はなかった。

「阿呆が調子に乗りくさって。みんな、得物《えもの》を持て。一人も逃がすな」

その場にいた配下たちに干支吉が命じた。

「玄関は閉めてないやろうな」

「開けておます」

干支吉の確認に配下の一人がうなずいた。

「閉めてたら蹴破りよるさかいな。壊されてみい、親分から余計な費《つい》えがかかると怒鳴られるわ」

小さく干支吉がうなずいた。

「よし、奥座敷にも入れるな。土間で迎え撃つで」

「へい」

干支吉の指示に配下たちがうなずいた。

「狸《たぬき》、岩助《いわすけ》、菜吉《さいきち》、おまえらは裏や。決してなかに入れるな」

「任せておくれやす。行くで」

言われた狸が、二人を連れて離れた。

「残りは、儂《わし》に付いて来い」

干支吉が長脇差を振りあげた。

小野寺は無頼たちを先に行かせ、ゆっくりと茶屋の暖簾を潜った。

「おまえが、利助の代理か」

玄関土間で見合っている味方と干支吉たちとの間に、小野寺が割りこんだ。

「てめえが阿呆の頭《かしら》けえ」

干支吉が小野寺を睨んだ。

「近江浪人の小野寺という。ああ、もちろん昔の名前ではないぞ。浪人して最初に人を殺したときに、人としての己を捨てたのでな」

名乗りながら、小野寺が偽名だと説明した。

「わけのわからねえことを」

干支吉があきれた。

「名乗られたら、名乗り返すのが礼儀だと思うぞ。配下が礼儀知らずだと、親分の質が問われることになる」

「やかましいわ。他人の家に押しこんでおきながら、礼儀もくそもあるけえ」

忠告する小野寺に干支吉が反論した。

「おおっ、たしかにそうだ」

小野寺が正論だと認めた。

「ならば、押し込み強盗よろしくと参ろう。おいっ」

「わあぁ」

「くたばれえ」

小野寺の合図で無頼たちがそれぞれの得物《えもの》を振りかざした。

「おめえら、防げ」

千支吉が配下たちを前にするよう、下がった。

「死ねやあ」

「殺してやるぜえ」

利助の配下たちが応戦した。

もともと世間から堕《お》ちた連中である。相手が弱いとどこまでも強くなるが、少し抵抗されれば、逃げ出す。

しかし、今回はそれができなかった。

どちらも頭となる者が見ているのだ。逃げ出せば、二度と戻っては来られなくなった。いや、見せしめとして、むごたらしい殺されかたをすることになる。

無頼だからといって、いつもいつも人を殺しているわけではない。命の遣り取りなどそうそう経験していないのだ。どちらも逃げ出しはしないが腰が引けており、とてもまともな戦いにはなっていなかった。

「ぎゃああ。斬られたあ」

「刺された。死んでしまう」

たちまち収拾がつかなくなった。

「先生」

不利とまでは言えないが、手間をかけると近くの宿から利助の援軍が来てしまう。

西蔵が焦った。

「情けないことだが……いたしかたない」

小野寺がため息を吐きながら、太刀を抜いた。

「……ぬん」

するすると乱闘のなかへ踏みこんだ小野寺が、太刀を振るった。

「ぐえっ」

利助の配下の一人が血しぶきをあげて崩れた。

「ひえっ」

その血を浴びた別の配下が腰を抜かした。

「しっかり肚《はら》を据えんかい」

干支吉が気合いをかけた。

「ほれっ」

腰を抜かした配下に小野寺が太刀を突き入れた。

「…………」

声も出せず、腰を抜かしていた配下が死んだ。

「ひいいい」

二人の死を見た利助の配下たちが浮き足立った。

「まずいっ。このままでは全滅や」

己では戦えないが、利助から留守を任されるだけの眼力を千支吉は持っていた。

「ここを捨てるぞ」

負けるとわかった千支吉が、さっさと身を翻した。

「兄い、それはおまへんで」

「叔父貴、待っておくれや」

大将が逃げ出したとあれば、配下がふんばれるはずもなかった。

すぐに配下たちが算《さん》を乱して逃げ出そうとした。

「逃がすんじゃねえ」

西蔵が戦いが終わったと安堵しつつある無頼たちを叱りつけた。

「一人でも殺したやつには、褒美《ほうび》をくれてやる」

小野寺が戦意を後押しした。

「へ、へい」

餌をぶら下げられた無頼たちが、茶屋の奥へ踏みこんだ。

「さて、こっちは任していいな」

「きっちりやっときますわ」

聡四郎へ向かうと告げた小野寺に、西蔵がうなずいた。

三

木屋町は、京で祇園と並ぶ盛り場である。うろついていた遊客が、突然始まった惨劇に騒然としていた。

「人が斬られてるで」

「血や、血が飛んでる」

聡四郎たちを遠巻きにして、野次馬が脅えていた。

「もう少し、離れたほうがええで。まだ終わってへん」

二階から出雲屋が大声で注意を促した。

「なんや……上から声が」

「あれは五条の出雲屋はんでっせ」

野次馬が出雲屋に気づいた。

「まだ始まったばかりや。これからが本番や。できたら、逃げはったほうがよろし」

出雲屋が忠告した。

「離れたほうがええらしいで」

「ほな、これくらいでよろしいやろ」

野次馬が少しだけ距離を取った。

「あかん、逃げられへん、物見高すぎるわ。血見て騒いだくせに」

出雲屋が天を仰いだ。

「やはり、こいつらでは押さえられなかったか」

利助の店から出てきた小野寺が、惨状にため息を吐いた。

「おぬしがこやつらの頭分だな」

「さよう。そして、貴殿が水城どのだな」

うなずいた小野寺が聡四郎に確認した。

「いかにも。旗本、水城聡四郎である」

聡四郎が肯定した。

「近江浪人、小野寺と申す。貴殿にはなんの恨みもないが、これも生きていくためである。斬らせていただかねばならぬ」

小野寺が下げていた太刀を青眼《せいがん》に構えた。

「人を殺して生きるとは、矛盾であるな」

「矛盾でも無慈悲でもなんでもかまわぬ。弱者は強者に喰われるのが、世の習い」

聡四郎の非難に小野寺が言い返した。

「そちらが弱者であったとならねばよいがな」

「行け」

嘲《あざけ》られた小野寺が、手を振った。

「……えっ」

小野寺の後ろに付いていた無頼三人が間の抜けた返事をした。

「なにをしておる。おまえたちはなんの手柄もなく、褒美だけをもらおうと考えているのか」

「それは……」

「…………」

先ほど戦いに参加していなかったことを小野寺にしっかり見られていたと知らされた無頼たちが気まずそうな顔をした。

「今、命を張るか、このまま逃げて京から去るか、どちらかを選べ。利助の宿を潰した以上、京は拙者が占める。遊廓《ゆうかく》も賭場も祭の差配もすべて拙者のものだ。なにもしていない者にきびだんごをくれてやるほど、優しくはない」

桃太郎を引き合いに出して、小野寺が無頼たちに去就の判断を求めた。

「やりやす」

「おいらも」

「やってやりやすよ」

利助と対立したとなれば、どこか大樹の陰に入れてもらわねば、京では生きていけない。三人の無頼が目つきを変えた。

「うむ。そうよな、いきなり武士と戦えというのも無理だろう。止《とど》めを刺さずともよい。傷一つでもつけたならば、よしとする」

小野寺が条件を口にした。

「それくらいなら」

「どんな傷でもよろしんで」

無頼たちの気が入った。

「馬鹿か、あやつは」

聡四郎は大宮玄馬に小声で訊いた。

「命がけで必死にならねば、武士に勝てるはずのない無頼だぞ。傷だけでいいなどという逃げ道を用意してやれば、腰が据わるまいに」

「仰せの通りでございまする」

聡四郎の言いぶんを大宮玄馬も認めた。

「わあああ」

腰だめに匕首を構えて一人目の無頼が突っこんできた。

「無礼者め。拙者を御上役人と知ったうえのことよな」

わざと大声で聡四郎が叫んだ。

「御上のお役人……」

野次馬が声をなくした。

「関係あるけえ」

「そうか」

気にせず突っこんだ無頼を、聡四郎は抜き撃ちに斬った。

「ぎゃっ」

左脇腹から右肩へと割られた一人目の無頼が死んだ。

「かまわぬぞ」

殺していいと聡四郎が大宮玄馬に許可した。

「はっ」

音もなく、脇差を抜き放った大宮玄馬が近づいてきた二人目の無頼の首の血脈を刎《は》ねた。

「ひいっっ……熱い、熱い」

血しぶきを上げながら、無頼が崩れた。

「こいつら……」

残った無頼が小野寺の顔色を窺《うかが》った。

「どうする」

冷たく小野寺が無頼を見据えた。

「……くそお」

逃げ道はないと知った無頼が走りながら、大宮玄馬目がけて匕首を投げた。

「傷つけえええ」

無頼が絶叫した。

「うるさい」

匕首を切っ先であしらった大宮玄馬が、無頼に迫った。

「近づくな。嫌だ、助けてくれ」

無頼が背を向けて逃げ出した。

「玄馬」

「はっ」

打ち落とした匕首を拾いあげた大宮玄馬が、手裏剣撃ちに投げた。

「げっ」

背中に匕首を生やした無頼が転がった。

「情けないことだ。これでいて、妓《おんな》の前では大言壮語していたのだからな。何人も殺しているとな」

あっさりと斃《たお》された無頼に小野寺があきれた。

「まあ、役立たずを片付けてもらったんだ、感謝してる。それに太刀筋も見られたしの」

「そのていどのことで、無法は法に勝てぬ」

聡四郎が断言した。

「いいや、拙者が勝つ。それは世の定めでござる」

小野寺が殺気を剣先にこめた。

「殿」

「そなたならば大丈夫だろうが、気をつけよ。あの手の者は理《ことわり》を気にせぬ」

前に出た大宮玄馬に聡四郎が注意を与えた。

「剣理《けんり》を離れたものなど、一放流《いっぽうりゅう》の敵ではございませぬ」

大宮玄馬が強く言った。

「一放流とは珍しい。名前を聞いたことはあるが、初めてだな。世に広まらなかった流派は、それだけ魅力がない。すなわち、役に立たないということだ。拙者の巌《がん》流《りゅう》には勝てぬ」

小野寺が嘯《うそぶ》いた。

「巌流……そちらこそ滅多に見かけぬではないか。宮本武蔵《みやもとむさし》に佐々木小次郎《ささきこじろう》が敗れたことで、名を堕としたであろう」

大宮玄馬が舌戦に入った。

真剣勝負は生きるか死ぬかになった。始まってしまえば、卑怯《ひきょう》も未練もない。どのような手段を採ろうが、生き残った者の勝ちなのだ。死んでしまっては、相手を卑怯だと罵《ののし》ることもできなくなる。

戦いになる前に、相手の心を波立たせるのも、勝負のための一手であった。

「宮本武蔵に負けたのではない。卑怯なまねをしなければ、宮本武蔵は巌流佐々木小次郎に勝てなかったのだ」

小野寺が言い返してきた。

「どちらにせよ、負けたには違いあるまいが」

「ならば、その身で巌流の太刀を知るがいい」

重ねて非難した大宮玄馬に小野寺が勝負だと告げた。

「……けやああ」

半歩前に踏み出した小野寺が奇矯《ききょう》な気勢をあげた。

「鳥か、おまえは」

「少しはできるようだな」

動じない大宮玄馬に小野寺が感心しながら、じりじりと草鞋《わらじ》の先で地を削るようにして腰を落とした。

「はっ」

大宮玄馬が短く息を吐いて、突っこんだ。

「くっ、疾《はや》い」

小野寺が腰を伸ばし、後ろに身体を反らしてかろうじて避けた。

「こいつっ」

追撃しようとする大宮玄馬に小野寺が太刀を振った。届かないとわかったうえでの見せ太刀で、大宮玄馬の追撃を鈍らせるためのものであった。

「…………」

とはいえ、そこからどのような一撃が来るかわからない。初見の相手は警戒するべきだと大宮玄馬が退いた。

「思っていた以上にできるな」

おかげで体勢を整えられた小野寺が、大宮玄馬への認識をあらためた。

「だが、まだ甘い。切っ先が軽すぎる。疾さだけだ」

小野寺が大宮玄馬の太刀筋を評した。

「軽き太刀には重き一撃こそ勝利の道筋」

すっと小野寺が太刀を大上段に変えた。

「来いっ」

小野寺が大宮玄馬を誘った。

大上段からの一撃は太刀に体重を載せやすく、そこに刀の重さが加わる。まともに喰らえば、それこそ頭蓋から股間まで真っ二つにされかねない。

「ぬっ」

大宮玄馬が警戒した。

「どうした、吾が剣を怖れたか。やはり飼い犬に死ぬだけの気概はないか」

小野寺が大宮玄馬を嘲弄《ちょうろう》した。

「ほざけ」

大宮玄馬があしらった。

「参るっ」

宣した大宮玄馬が地を這《は》うような低さで、小野寺の腿《もも》を狙った。

「読み通りじゃ」

小野寺が太刀を振り落とした。

「ふん」

大宮玄馬が大きく右へ踏みだし、小野寺の太刀の軌道を避け、脇差を薙《な》いだ。

「くおう」

小野寺の太刀が大宮玄馬の脇差を弾《はじ》いた。

「むうっ」

大宮玄馬がその重さに押された。

「よくぞ、転ばなかったの」

笑いながら小野寺が褒めた。

「代わろう」

聡四郎が大宮玄馬では不利と見て、申し出た。

「いいえ。筋は摑《つか》みましてございまする」

大宮玄馬が首を横に振った。

「今ので、力量の差に気づかぬとは哀れな」

話にならないと小野寺があきれた。

「…………」

それには応じず、もう一度大宮玄馬が腰と膝を曲げ、姿勢を低くした。

一放流は鎧《よろい》武者《むしゃ》を一刀両断することを極意とする一撃必殺の流派である。その基本となる構えは、膝と腰を軽く曲げ、太刀を右肩に担ぐようにする。あとは気が満ちるのを待って、つま先からかかと、膝、腰、肩、腕のすべてを使ってたたき割るような一刀を繰り出す。

あいにく小柄で、一放流必須である体重を得られなかった大宮玄馬は、重さを捨てて、疾さに必殺を求めた。

くるぶし、膝、腰を曲げることで身体を柔らかくし、体重をいつでも移せるようにする。一拍のよどみもなく前に出るのが、一放流から派生した小太刀であった。

「続けてあやつも斬る。あの世で主を待て」

小野寺が太刀をまたも振りあげた。ただ、少しだけ切っ先が低かった。

「一度見せた太刀が効くものか……小手先でどうにかなる相手ではないぞ、玄馬は」

それを見た聡四郎が嘲笑した。

大宮玄馬の疾さを警戒した小野寺が、大上段に振りあげては防御が間に合わないと考え、動きの小さな上段もどきを選んだと聡四郎は読んだのだ。

「玄馬の一刀は飯綱《いづな》をこえる」

飯綱とは雷の別称である。

「身内びいきは、恥ずかしいぞ」

小野寺が一笑に付した。

「そうか。では、見られるものなれば見るがいい」

「ぬっ」

聡四郎の言葉を合図に、大宮玄馬が地を蹴った。

「なっなっ」

一瞬聡四郎に気をそらした小野寺が慌てて太刀を落として防ごうとしたが、そもそも大宮玄馬の動きは低い。

「ぐえっ」

大宮玄馬の切っ先が、小野寺の下腹を存分に割いた。

「……こやつがっ」

斬られた小野寺が、太刀を捨てた。

「なにっ」

剣士が刀を手から離す。あり得ない行為に思わず大宮玄馬が驚愕の声を発した。

「死なば諸共《もろとも》こそ吾が極意《ごくい》なり」

小野寺が両手で大宮玄馬を捕まえ、抱きしめるようにして背骨へ圧力をかけた。

「うおう」

大宮玄馬がのけぞった。

「背骨を折ってくれるわ」

小野寺が執念の力を振り絞った。

「させるわけなかろうが」

素早く近づいた聡四郎が、小野寺の左腕を肩のところで斬り落とした。

「があああ」

小野寺が絶叫した。

「この……」

両腕で締められていたのが片方なくなり、無事な右腕も痛みで緩んだ。その機を大宮玄馬は見逃さなかった。

下腹に刺した刀をそのまま下へと落とした。

「は、腸《はらわた》がちぎれる」

股間まで割られた小野寺が腰から落ちた。

「……これで終われる」

小野寺がそれを最後に絶息した。

「……助かりましてございまする」

荒い息を吐きながら、大宮玄馬が礼を述べた。

「いや、かまわぬ」

聡四郎が気にするなと手を左右に振った。

「……しかし」

青白い腸を辻にまき散らして死んでいる小野寺を聡四郎は見下ろした。

「相討ちが極意とは、死にたかったのか」

聡四郎があきれていた。

「でございますな。最初から相討ちを狙うならば、無住心剣術《むじゅうしんけんじゅつ》というのがあるやに聞きましたが……」

「無住心剣術か。名前を聞いたことがあるくらいだな。今に伝わっているのやら。たしか、希代の天才真里谷円四郎《まりやえんしろう》という御仁が元禄《げんろく》のころにいたともいうが、その系統はどうなったのか」

大宮玄馬の出した流名に聡四郎が首をかしげた。

「どちらにせよ、身を堕とすような者だ。なにを考えているのか、なにを思ったのか、わからぬ」

「はい」

聡四郎の意見に大宮玄馬が同意した。

四

血糊《ちのり》の付いた刀はよく拭《ぬぐ》わないと、さび付いて使いものにならなくなる。聡四郎と大宮玄馬はともに常備してある鹿革を取り出し、ていねいに刀身に磨きをかけた。

「いやあ、畏れ入りました」

出雲屋が二階から降りてきた。

「お二人ともお強い」

「商人が算盤《そろばん》を習うのと同じよ。武士は剣術を学ぶ」

刀身から脂《あぶら》が消えたことを確認して、聡四郎が刀を鞘へ戻した。

「いやいや、とてもとても。わたしらが扱う算盤とは格が違いますがな。まさに目にも見えぬ早業という点……」

受けた印象を語り出した出雲屋が途中で口をつぐんだ。

「どうした」

「みょうなんが近づいてきますで。あれは御用聞きと、後ろにいるのは町奉行所の同心ですわ。顔に覚えがおます」

首をかしげた聡四郎に出雲屋が小声で告げた。

「町方か……」

聡四郎が口の端を吊り上げた。

「…………」

大宮玄馬が一度納めた脇差の柄に手をかけて警戒した。

「すんまへん。ちいとお話を聞かせてもらえますかいな」

まず御用聞きが十手を見せて、話しかけてきた。

「そなたは……」

「ご覧の通り、町方の者でおます」

問うた聡四郎に御用聞きが、もう一度十手を見せつけた。

「町方……京都町奉行所の者だと」

「へい」

確認した聡四郎に御用聞きがうなずいた。

「みょうなことを申すな。町奉行所に町民の役人はおらぬはずだ」

聡四郎が疑いの目で御用聞きを見た。

「……それは」

御用聞きが詰まった。

町奉行所は江戸でも京でも大坂でも人手不足であった。肥大し続ける町並み、増える町民、凶悪化する犯罪と、とても定められた人員だけでは対処できず、その不足を町民から選んだ御用聞きで補った。

御用聞きは正式な町奉行所の役人ではなく、与力、同心が私的に雇う奉公人のようなものだ。もちろん、誰でもいいというものではなく、地元に精通しているのは当然、町内やその付近での影響力もいる。

でなければ、与力、同心が選んだていどの者の言うことをそうそう聞く者はいない。そうなると顔役などが町奉行所の権威を借りたいがために、御用聞きを務める場合が出てくる。

「御上には黙っておいてやるから、金を出しな」

「この辺りを守っているのは、おいらだぞ。そのおいらから金を取ろうというのか」

金をせびる、飲食の代金を払わないなど、無理無体を言い出す者が多くなり、御用聞きを使う利点より問題が大きくなってしまう。

「御用聞きなる者を使うことを禁じる」

町奉行所の手先が、十手をひけらかして悪事をおこなうとあっては、幕府の信頼が揺らぐ。幕府はなんども御用聞きの禁止令を出していた。

「旗本である拙者、その家臣を呼び止めるには、それだけの理由と権があるはずだ。見せてみよ」

「…………」

もう一度迫られた御用聞きが黙った。

「もうええで、吉蔵《よしぞう》」

野次馬の輪を割って、黒紋付き着流しの京都町奉行所同心が姿を現した。

「瀬野《せの》はん」

御用聞きが愁眉を開いた。

「おぬしは誰だ」

「京都東町奉行所同心の瀬野と申す者でござる」

聡四郎の誰何に同心が名乗った。

「東町奉行……山口安房守《やまぐちあわのかみ》どのであったな」

京の役人の名前くらいは調べている。聡四郎が確認した。

「さようでございまする。巡回をいたしておりましたら、なにやら騒動のようなので様子を見に参りましてございまする」

御用聞きに使ったのとは違う言葉遣いで、瀬野が述べた。

「そうか。拙者は道中奉行副役水城聡四郎、これなるは家士の大宮玄馬」

簡素な名乗りを聡四郎は返した。

「承りましてございまする」

同心から見れば、どのような役目かわかっていなくとも、道中奉行副役が格上だとはわかる。瀬野が腰を折った。

「すさまじい状況でございますな」

「…………」

「これをすべてやられた」

「…………」

わざとらしく状況を確認する瀬野を聡四郎は無視した。

「少しお話を伺わせていただきたく存じまする。畏れ入りますが、町奉行所までご足労《そくろう》を願いまする」

「出雲屋、案内大儀《たいぎ》であった。久しぶりに楽しんだ」

「畏れ多いお言葉でございまする。どうぞ、また是非、お運びくださいませ」

旗本らしい口調の聡四郎に出雲屋も合わせた。

「玄馬、戻ろうぞ」

「はっ」

すっと大宮玄馬が先に立って歩き出した。

「えっ……」

一瞬、瀬野が唖然とした。

「お待ちを」

あわてて瀬野が聡四郎たちを止めた。

「なんだ」

「……なんだではございませぬ。これだけの惨状を放置して帰られるおつもりか」

首をかしげた聡四郎に、瀬野があきれた。

「拙者がやったと」

「他に誰が」

「京であるからな。鞍馬山《くらまやま》から天狗でも下りてきたのではないか」

問うた瀬野に聡四郎が返した。

「ふざけられるな。すべてお二人がなされたことではございませぬか」

「見ていたと」

「最初から見ておりました。町奉行所の者として、お話を伺わねばなりませぬ」

念を押した聡四郎に瀬野が強く言った。

「見ていただけとは、開いた口がふさがらぬわ」

「…………」

聡四郎に言われた瀬野が黙った。

「拙者と玄馬が襲われていたのを町方が見過ごしていた。まだ拙者たちはいい、武家だからの。降りかかる火の粉くらい払えて当然であるからの。しかし、この馬鹿どもが周囲にいる見物の者たちへ刃を向け変えたかも知れぬというのに、そなたは見ていただけ」

「それはっ……」

「京都町奉行所は、京の民の安否《あんぴ》を気にしていないのだな」

「そうや」

「なんちゅうこっちゃ」

まずいといった顔をした瀬野を追い撃つ聡四郎に、野次馬たちが騒ぎ出した。

「東町奉行所へ参ろうか。山口安房守どのに問いただささねばならぬ」

「……………」

瀬野が顔色を変えた。

「そもそも、ずっと後をつけてきていたことについて説明をもらいたい。安房守どのの前で語ってもらうぞ」

「お、お待ち下さいませ」

冷たく宣した聡四郎に、瀬野がおたついた。

「来いと言ったのは、そなたじゃ。今更、要らぬなどと言うまいな」

「今日は、すでに夕刻でございまする。京都所司代屋敷にご滞在でございましょう。明日にでもこちらから出向かせていただきまする」

瀬野が必死の形相《ぎょうそう》で、聡四郎に告げた。

「いつまでも京におるわけではない。お役目もある。そなたを待って一日無駄にはできぬ。明日、朝五つ半（午前九時ごろ）、こちらから安房守どのを訪ねる。そう伝えておいてくれればよい」

「では、五つ半にわたくしが参り……」

まだ抵抗しようとしている瀬野を放って、聡四郎は御用聞きの吉蔵に顔を向けた。

「御上役人と知って、こやつらは襲って参った。そなたも聞いていたな」

聡四郎は小野寺との遣り取りを持ち出した。

「……へえ」

瀬野の顔色を窺いながらも、吉蔵が認めた。

「こやつらの後始末、任せてよいな」

「旦那……」

吉蔵が瀬野に可否を問いかけた。

「お受けせんかい」

瀬野が吉蔵を怒鳴った。

「へい。かなんなあ」

吉蔵がため息を吐いた。

「何人かは生きておるぞ。ああ、言わずとも最初から見ていたのなら、知っておるな」

大宮玄馬が最後の嫌味を投げた。

「……たまらんわ。悪い噂が立ったら、旦那衆が離れてまうがな。金がたらんなる」

野次馬から氷のような目つきで見られた吉蔵が肩を落とした。

瀬野が裾を乱して京都東町奉行所へと駆け戻った。

「お奉行さま」

「慌《あわ》ただしい。瀬野か、どうした。水城になにかあったか」

京都東町奉行山口安房守が眉をひそめた。

「み、水城にばれましてございまする。端から後をつけているのも知られて……」

「なんだとっ」

顔色を失っている瀬野に言われた山口安房守が驚愕した。

「事情を話せ」

「はい……」

瀬野が聡四郎とのいきさつを語った。

「なにをしているのだ、おまえは」

山口安房守があきれた。

「明日五つ半にお奉行さまのもとへ参ると」

「……まずいな」

瀬野の言葉に山口安房守が苦く顔をゆがめた。

「そなた、まさか余《よ》の指図だったなどと申してはおらぬだろうな」

「もちろんでございまする」

かけられた疑いを否定するため、瀬野が精一杯首を左右に振った。

「まことだな。ならばよし」

もう一度念を押し、山口安房守が納得した。

「瀬野、そなたに命じる。しばらく京から離れよ」

「なにを仰せに」

山口安房守の指図に瀬野が驚愕した。

「そなたが勝手にやったこととするには、それしかなかろう。そなたがいてはいろいろとつごうが悪い。明日、そなたを同席させよとなると面倒になる。そなたがいなければ、証拠はなに一つないのだ」

「あまりでございましょう。水城の邪魔をしろとお命じになったのは……」

「知らぬ」

瀬野が膝を進めるのを山口安房守が無視した。

「余は京都町奉行である。京都町奉行は旗本に対し、なんの権もない。その権のない余が、役儀の邪魔をせよなどと命じるはずはない」

「……………」

あまりのことに瀬野が絶句した。

「安心せい。水城はずっと京におるわけではない。今回のことが終わったら、戻って来ればよい」

「お断りいたせば……」

京都町奉行所の与力、同心は町奉行の配下には違いないが、家臣ではない。格からいけば目見《めみ》えできるできないの差はあっても、ともに幕臣である。たとえ京都町奉行とはいえ、配下の同心を辞めさせることはできなかった。

「断ってもよいが、覚悟はできているのだろうな」

「……………」

上役に覚悟と言われて、なにを意味するのかわからないようでは役人などやっていられない。干すぞと脅した山口安房守に瀬野が沈黙した。

「その代わり、無事に今回のことがすめば、二人扶持《ぶち》加えてやろう」

山口安房守が褒美をぶら下げた。

江戸町奉行もそうだが、京都町奉行にも不思議な予備の禄があった。

奉行所に勤める者たちの俸給すべてより、幕府から支給されるほうがわずかながら多いのだ。せいぜい百石ていどでしかないが、それを奉行は思うままに遣えた。

ほとんどは、隠密廻り方などの表に出せない役目の者が遣う経費として消費されるが、それ以外に奉行が気に入った与力、同心への加増として与える場合もあった。

「二人扶持……」

京都町奉行所同心の禄は二十俵二人扶持から三十俵一人扶持あたりとされている。一人扶持は一日玄米五合の現物支給で、一年に直すと一石八斗、二人扶持だと三石六斗になった。

「あと筆頭同心にもしてやる」

筆頭同心はその名の通り、京都東町奉行所の同心すべての頭になる。金も権力も平の同心とは比べものにならなかった。

「お約束くださいまするか」

「ああ。この安房守が約束する」

念を押した瀬野へ山口安房守が首肯した。

「書きものをちょうだいいたしたく」

「余が信じられぬと申すのか」

一筆書いてくれと求めた瀬野に山口安房守が機嫌を悪くした。

「お願いをいたしまする」

信じる信じないを口にせず、瀬野が要求を繰り返した。

「奉行を信じぬ同心など、京都町奉行所には不要じゃ。筆頭同心を呼んで、そなたを任から外すぞ」

同心を辞めさせると山口安房守が脅した。

「お願いをいたしまする」

山口安房守の怒りにも脅えず、瀬野が手を出した。

「そのようなもの、書けぬ」

「では、わたくしもお指図に従えませぬ」

拒んだ山口安房守に瀬野が首を横に振った。

「そうか、残念じゃ。宇部《うべ》、宇部」

山口安房守が家臣で町奉行所与力格である取次の宇部を呼んだ。

「これに」

取次は町奉行と町奉行所の同心たちを結ぶのが主たる役目のため、いつでも山口安房守の声が届く場所で待機していた。

「瀬野を蟄居閉門《ちっきょへいもん》といたす。罪名は、町方同心としてふさわしからぬおこないありじゃ」

山口安房守が宇部に述べた。

町奉行に与力、同心を放逐《ほうちく》する権はないが、懲罰を与えることはできた。

「なっ」

瀬野が目を剝いた。

「承知いたしましてございまする。瀬野、組屋敷へ戻り、身を慎め」

「お待ちを、わたくしに罪などございませぬ」

山口安房守の指示通りに言った宇部に瀬野が反論した。

「従え」

冷たく宇部が告げた。

宇部は京都町奉行所与力格とはいえ、山口安房守の家臣である。武士にとって主の言葉は絶対であった。

「横暴《おうぼう》でござる」

瀬野が立ちあがって、大きな声を出した。

「他の与力さま、同心にも……」

「京都所司代さまに申しあげるぞ」

「うっ」

町奉行所中にすべてをあきらかにして抵抗すると言いかけた瀬野を、山口安房守が塞《ふさ》いだ。

江戸から目付《めつけ》、徒目付《かち》を送って監察させるわけにはいかない遠国《おんごく》には、その代理をする者が置かれていた。

京の場合は、京都所司代の与力の一部がその任に当たっていた。

「……わかりましてございまする。しばらく、京を離れまする」

うなだれた瀬野が最初の提案を呑むと答えた。

「気に入らぬの。今更では、褒美はやれぬ。そなたの罪と相殺《そうさい》じゃ」

「では、扶持も筆頭も……」

山口安房守の冷たいもの言いに瀬野が泣きそうな顔をした。

「咎められぬだけ、ましだと思え。不愉快じゃ、下がれ」

虫を払うように山口安房守が手を振り、悄然《しょうぜん》と瀬野が出ていった。

「宇部。瀬野に見張りを付けよ。どこへ行ったかをしっかり見届けろ」

「はっ」

山口安房守の指示に宇部がうなずいた。

第四章　各々《それぞれ》の動き

一

　利助との決別を藤川義右衛門《ふじかわぎえもん》は決意した。

「江戸で力を伸ばすには、もう利助は邪魔だ。片付けるぞ」

　一応、娘勢《せい》を妻としている関係で義父に当たる利助を、藤川義右衛門は排除すると配下たちの前で宣した。

「承知」

「やりましょうぞ」

　笹助《ささすけ》を始めとする配下がうなずいた。

「何人か潰しますか」

藤川義右衛門の補佐のような形になっている伊賀の郷忍《さとしのび》出身の笹助が問うた。

「傘下に入った者たちか。あれでは役に立つまい」

「盾くらいにはなりますが」

首を横に振った藤川義右衛門に笹助が述べた。

「あやつらは殺しではなく、賭場や遊女屋の面倒を見させるほうがよい」

藤川義右衛門がもう一度否定した。

江戸の闇は一つではなかった。浅草《あさくさ》、神田、浜町《はまちょう》、両国《りょうごく》などいくつにも縄張りは分かれており、それを一つないしは複数、親分と呼ばれる無頼の頭が支配していた。

その縄張りを藤川義右衛門は奪っていった。仕切っていた親分を殺し、残った無頼たちを配下に組み入れる。もちろん、将来の禍根《かこん》となりそうな従わない者たちは始末する。匕首かせいぜい長脇差しか使ったことのない無頼など、伊賀忍の前では赤子同然、いきがっていた連中は数日で全滅させられた。

弱肉強食が闇の掟《おきて》であるだけに、力を見せつければ無頼どもは言うことを聞く。従った無頼たちに、藤川義右衛門は縄張りの管理を任せていた。

というのも、伊賀忍の数が少ないからであった。もともとそれほどいなかったのが、仲間を殺した者をかならず討ち果たすという伊賀の掟に引きずられ、水城聡四郎へ挑む者が相次ぎ、そのことごとくが返り討ちに遭ってしまった。

　今や、江戸の闇の半分近くを支配する藤川義右衛門の一党、その悩みは人手不足であった。

「では、我らだけで」

「二人か三人で十分だろう」

　確認する笹助に藤川義右衛門が返した。

「わたくし一人でも事足りまする」

　笹助が、そんなに要らないと応じた。

「だろうが、さっさと片を付けたいからな」

　藤川義右衛門が一気に片を付けると述べた。

「わかりましてございまする。では、三日いただきたく。吉報を……」

「吾も出るぞ」

　言いかけた笹助を藤川義右衛門が遮った。

「なにを」

　笹助が驚いた。

「それくらいはしてやらねばなるまい。なにせ利助は義理とはいえ親。最後の親孝行だ。孫の顔を見せられなかった詫びとして、吾が顔を見せねばな」

藤川義右衛門が宣した。

木屋町から所司代下屋敷に貸し与えられている長屋へ戻った聡四郎を、伊賀郷忍の山路兵弥《やまじひょうや》が出迎えた。

「調べて参りましてございまする」

山路兵弥が聡四郎の顔を見るなり告げた。

「なにをだ」

一瞬、聡四郎が戸惑った。

「先ほど、殿を襲った浪人者の後ろでございまする」

「……そなたたちは江戸へ向かったはずだぞ」

山路兵弥の返答に聡四郎がため息を吐いた。

仕《つか》えたいと言った山路兵弥と菜《さい》を、聡四郎は江戸の屋敷へと送り出していた。

「たしかに殿の警固に我らは不要でございましょう。相手が忍でない限り、大宮どのの守りは抜けませぬ」

「無論である」

称賛した山路兵弥に大宮玄馬が胸を張った。

「ゆえに、わたくしは忍としての働きで御役に立とうと、少しだけ様子を見させてもらっておりました。なにもなければ、先行させている菜と合流するつもりでおりましたところ、あのような輩《やから》が出て参りましたので」

「助かったが、どうやって調べた」

聡四郎が怪訝な顔をした。

小野寺たちが聡四郎を襲ったのは一刻ほど前のことだ。密《ひそ》かに聡四郎を見張っていたとしても、後ろ盾に届くには早すぎた。

「やはりお気づきではございませんでしたか」

「なにがだ」

山路兵弥の言葉に聡四郎が引っかかった。

「あの浪人、殿に手向かいする前、佐原屋の三軒隣の茶屋へ押し入っておりました」

「それは知っている」

聡四郎が応えた。

「その茶屋を制圧してから殿のもとへ浪人が出て参りました。それを襲われた茶屋の陰から見ていた者がおりました」

「浪人の仲間か」

「はい。そして、あの浪人が大宮玄馬どのに敗れたとたんに、逃げ出したのでございまする」

聡四郎の推測を認めた山路が続けた。

「その後をつけましたところ、雇い主のところへ庇護《ひご》を求めて駆けこみまして」

「ふむ。で、後ろは近衛さまか、一条《いちじょう》さまか、鷹司《たかつかさ》さまか」

いきさつを述べた山路兵弥に、聡四郎は幕府とかかわりの深い公家の名前を出して問うた。

「平松少納言《ひらまつしょうなごん》さまでございました」

「……平松少納言」

聞いた聡四郎が思いあたらず、首をかしげた。

「近衛家の家令《かれい》、その息子でございまする」

「用人か」

公家では武家で言う内政を取り仕切る用人を家令と呼んだ。五摂家筆頭の近衛家ともなると、家令でも従二位《じゅにい》大納言という官位を持つ。大納言といえば、御三家の尾張《おわり》と紀伊が到達できるかどうかという高位であり、従二位にいたっては征夷《せいい》大将軍と同格であった。

「ということは近衛さまの」

「ご手配か、平松家の忖度《そんたく》か」

「他人の命を忖度で奪おうとするとは」

聡四郎がため息を吐いた。

「いかがなさいまするや。近衛さまに抗議を申し入れるべきでは」

「なにもできまい」

対応を問うた大宮玄馬に聡四郎が首を左右に振った。

「まずあの浪人が死んでいる。死人に口なしであるし、なにより無頼浪人と近衛家の家令とどちらを信じると言われれば、それまでだ」

「ですが……」

命を狙われて、それで終わってはたまらない。大宮玄馬が憤った。

「近衛さまには恨まれているからな」

六代将軍家宣の正室だった天英院を追い詰めたのは吉宗だったが、聡四郎はその走狗《そうく》として動いている。

「では、なにもなさらぬと」

「吾はな」

悔しげな大宮玄馬に聡四郎が口の端をゆがめた。

「聖人君子じゃない。殺されかかって、泣き寝入りしなければならないなど許せるか。少しはやりかえしてもいいだろう」

聡四郎がゆがめた口の端を吊り上げた。

「上様にご報告いたす」

「…………」

無言で大宮玄馬も同意を表した。

「ご苦労だったな」

聡四郎が山路兵弥をねぎらった。

「なにか、御用はございませぬか」

「山口安房守どのはこっちで片を付ける。ただ、京都東町奉行の山口安房守どのがなぜ拙者に手を出したかがわからぬ」

「京都西町奉行さまを見張りましょう」

すぐに山路兵弥が聡四郎の言いたいことを読んだ。

「任せる」

まだ正式に抱えたとは言い難いが、伊賀の郷忍の有能さは身に染みて知っている。聡四郎は山路兵弥を受けいれると決めた。

「菜については、心配せずともよいのか。少し遅れるとか、手間がかかるとかの連絡くらいはしたほうがよいだろう」

聡四郎が若い菜を気にした。

菜は大宮玄馬の許嫁《いいなずけ》となった、もと伊賀の郷女忍袖《そで》の妹になる。当然、伊賀の女忍としての修練を積んではいるが、それでも女の身には違いなかった。

「忍の本質は耐えること。待つくらい十日でも一月でも平気でございまする。それに菜は忍として袖ほどの腕には届きませぬが……毒を扱わせたなら、右に出る者はおりませぬ」

「毒……」

山路兵弥の答えに大宮玄馬が息を呑んだ。

「ああ、袖も使いますぞ。菜には及びませぬが……大宮どの、他の女に気を移したあとの閨にはお気をつけなされよ」

「他の女など……」

「落ち着け、玄馬。いじめてやるな、兵弥」

冗談に本気で言い返しかけた大宮玄馬を聡四郎は宥め、山路兵弥を叱った。

「ご無礼を。では」

すっと山路兵弥が長屋を出ていった。

「殿、あのような者をご家中にお加えなさるおつもりでございますか」

からかわれたことがよほど気に入らなかったのか、大宮玄馬が文句を口にした。

「年寄りが若者で遊ぶのは、昔ながらのことよ。気にするな」

「ですが……」

「飯を喰おう。おい、傘助《さんすけ》、猪太《いのた》」

出雲屋の接待で酒と少々の肴《さかな》は出たが、腹がくちくなるほどのものではなかった。そこに真剣での戦いをおこなったのだ。聡四郎も大宮玄馬もかなり空腹であった。

「京は魚がよろしくございませぬので、このようなものしかなく」

申しわけなさそうに傘助が膳を運んできた。

「豆腐の田楽《でんがく》か。好物である」

膳の上を見た聡四郎が喜んだ。厄介者として、その日の小使いも満足でなかった聡四郎と大宮玄馬にとって、味のしっかりした田楽はご馳走であった。

「お櫃《ひつ》を置いてゆけ、代わりは勝手にやる。そなたたちも喰え」

聡四郎が給仕に残ろうとした傘助、猪太に手を振った。

「さて、喰うぞ」

「ちょうだいいたしまする」

二人が箸を持った。

二

戦いの疲れは一夜で回復する。しかし、人を斬った、命を狙われたという心の負担は、そう簡単に拭い去れるものではなかった。

「道中奉行副役水城聡四郎でござる。山口安房守どのにお取り次ぎ願いたい」

翌朝、五つ半に聡四郎は宣言通り、京都東町奉行所を訪ねた。

京都東町奉行所は、京都所司代屋敷に隣接しているといえるほどに近い。

「しばし、お待ちを」

応対に出た取次の宇部が、一度奥へと引っこんだ。

「待たせる……昨日の同心が報告をしておらぬのではございませぬか」

大宮玄馬が目つきを険しくした。

「会えばわかるだろう。格は京都町奉行のほうが高い。無礼だとは言えぬ」

聡四郎が大宮玄馬を宥めた。

「……はっ」

まだ不満げながら大宮玄馬がうなずいた。

「お待たせをいたしましてございまする。どうぞ、こちらへ。ご家士のお方は、その供待ちでお控えをくださいますよう」

戻って来た宇部が、聡四郎だけを案内すると言った。

「玄馬、大人しくしておれよ」

眉間にしわを寄せている大宮玄馬に釘を刺して、聡四郎は玄関を上がった。

町奉行所には、どこにも二つ玄関があった。役所としての玄関、そして町奉行の役屋敷としての玄関である。当然、聡四郎は役屋敷の玄関から入った。

京都町奉行の役屋敷は町奉行所に隣接し、一部では繋がっているが、形としては別棟になり、玄関から町奉行の執務室である書院はすぐであった。

「お奉行さま、道中奉行副役の水城さまをお連れいたしましてございまする」

京らしい絵の描かれた襖の前で宇部が声をかけた。

「開けてよいぞ」

山口安房守からの応答があった。

「……どうぞ」

襖を宇部が開き、聡四郎を促した。

「御免」

聡四郎は腰の太刀を外し、礼に従って右膝の横に置いて座った。

「お初にお目にかかりまする。道中奉行副役の水城聡四郎でございまする」

「京都東町奉行、山口安房守じゃ」

聡四郎が吉宗の娘婿だというのは、私《わたくし》でしかない。役儀で話をするときは、聡四郎が下手に出なければならない。

「本日は何用か。あいにく多用ゆえ、手早く願う」

山口安房守が用件を急かした。

「こちらの同心に瀬野という者がおりましょう」

「瀬野……たしかに」

少し考えたのち、山口安房守が認めた。

「昨夕、本日安房守どのにお目にかかり、苦情を申し立てると伝えておきましたが……」

「苦情を……なにも聞いておらぬ。どころか、瀬野を見てもいないぞ」

聡四郎の話に山口安房守が怪訝そうな顔をした。

「宇部、宇部」

「はっ」

廊下で待機していた宇部が、襖を開けた。

「同心の瀬野を呼んで参れ」

「ただちに」

山口安房守の指図を受けて、宇部が立っていった。

「ただ瀬野が来るのを待っているというのも無駄である。苦情というのを聞かせてもらいたい」

「では……」

要求した山口安房守に応じて、聡四郎が昨夕の経緯を語った。

「木屋町で、そのようなことが。余のもとには届いておらぬ」

山口安房守が難しい顔をした。

「瀬野の言動に、安房守どののご指示があったのではございませぬな」

「もちろんである。お役目をもって京へ来た者を余が邪魔するなどあり得ぬ」

否定を求めるふりで確認した聡四郎に、山口安房守が首を縦に振った。

「瀬野と申す同心は、そう言っておりましたが」

「真《まこと》であろうな。偽りであれば、いかに道中奉行副役といえども、許さぬぞ」

聡四郎の疑いに山口安房守が怒って見せた。

「わたくしは、命を狙われたのでござる。そのことは多くの者が見ておりまする」

嘘ではないと聡四郎が険しい声を出した。

「……すべては瀬野が来てからじゃ」

気圧《けお》された山口安房守が話を中断した。

「お奉行さま」

少しして宇部が戻ってきた。

「おおっ、で、瀬野は」

「それが……おりませぬ」

「おらぬだと。町廻りに出かけた後か」

「いえ、出仕しておりませぬ。筆頭同心を始め、同心控えにおる者すべてに問いましたが、本日、瀬野の姿を誰も見ていないと」

山口安房守の推察を宇部が否定した。

「どういうことじゃ。病ならば届け出があろう」

「それも出ておりませぬので、今、瀬野の組屋敷を見に行かせておりまする」

首をかしげる山口安房守に宇部が告げた。

「御免をくださりませ」

そこへ町奉行所の同心らしい者が現れた。

「菅《すが》、どうであった。瀬野は組屋敷におったか」

「おりませぬ。組屋敷はもぬけの殻《から》でございました」

菅と呼ばれた同心が報告した。

「家族はどうした。瀬野には妻も子もいたはずだ」

宇部が山口安房守に代わって質問した。

「誰の姿もございませぬ」

答えている菅も不思議そうな顔であった。

「逃げたのではございませぬか」

ふっと宇部が口を滑らせた。

「……逃げたなどと」

菅が抗議の声をあげた。

禄をもらう代わりに忠義を捧げるのが武家奉公である。その武家奉公において、家臣が逐電《ちくでん》する、逃げ出すのは大恥であった。

「仕えるに値しない」

家臣からそう見限られたと取られるからだ。

当然、欠《か》け落《お》ちとも呼ばれる逐電の罪は重く、捕まればまず切腹は避けられない。場合によっては、上意討ちが出されるときもある。

なにより、家は潰された。

罪人を扱うため不浄職だと言われ、白眼視《はくがんし》されているだけに町奉行所の役人は同僚同士の結束が強い。菅が瀬野をかばおうとした。

「洛外まで下手人を追って行ったのかも知れませぬ」

京都町奉行所の管轄は広い。京を含む山城国《やましろ》だけでなく、大和、摂津、河内、和泉などの寺社領における訴訟もその範疇《はんちゅう》になる。菅の言いぶんはまちがいではなかった。

「ならば、瀬野だけがおらぬはずじゃ。家族までいないのはおかしいであろう」

宇部が反論した。

「家中の者は、物見遊山《ものみゆさん》にでも出かけているのでございましょう」

菅が頑張った。

物見遊山に出るときは、朝暗いうちに出るのが、常識と言えた。これは基本歩いて目的地まで行くため、かなりの時間がかかるからであった。遠くない四条の芝居小屋などでも、朝は早い。芝居自体が暗い屋内で、来ている客たちに見せなければならないため、夜になる前には終わらせなければならない。それで何段にもわたる大芝居をやるとなれば、始まりを早くするしかなく、それこそ夜明けに幕が開く芝居もあった。

「瀬野が遠方へ出かけるのと、家族が遊びに出るのが、偶然重なったと申すか」

宇部があきれた。

「まあ待て、宇部。逃げたというのはやはり穏やかではない」

「お奉行さま」

「はい」

手を上げて割って入った山口安房守に宇部が抗議の声をあげ、菅が首肯した。

「数日様子を見る。それまで表沙汰にならぬていどで瀬野の行方を捜す。それでよいな」

山口安房守が仲裁した。

「ありがとう存じまする。では、早速」

菅が感謝しながら、下がっていった。

「宇部、そなたも控えておれ」

不服そうな顔をした宇部に山口安房守が命じた。

「はっ」

宇部が書院を出た。

「失礼ながら、今の御仁は」

聡四郎が宇部のことを問うた。

「あれは吾が家臣である。余と町奉行所の中継ぎを任せておる」

山口安房守が答えた。

「なるほど」

取次という役目のことは知らないが、聡四郎はうなずいた。

「さて、聞いたとおりである。瀬野がなにをいたしたのか、どう申したのかの確認ができぬ。この情況で苦情を出されても、余としてはなにもできぬ」

「さようでございまするか。では、長居は無用。これにて」

すっと聡四郎は腰をあげた。

「瀬野が見つかり次第、返答しよう。宿は所司代屋敷の長屋であるな」

京に来た役人は京都所司代屋敷の長屋に寝泊まりするのが慣例になっている。山口安房守が確認した。

「いかにも。なれどお役目のことがござるゆえ、いつまでもおりませぬ」

「それは残念ではあるが、お役目とあれば待っておれとも言えぬ。きっちりとこちらで対処するとお約束いたそう」

山口安房守がこちらに預けろと言った。

「いえ、これより京都所司代松平《まつだいら》伊賀守《いがのかみ》さまにご報告いたしますゆえ、なにかかりましたら、伊賀守さまにお報せをいただければ」

「伊賀守さまのお手をわずらわせるのはいかがか。お忙しいお方である」

京都町奉行は老中支配になり、京都所司代の支配は受けないが、それでも京でもっとも力を持つのは松平伊賀守である。

山口安房守がそこまでしなくともよいのではと疑問を呈した。

「では、上様にお話しいたしましょう。上様より諸国を見て回れというお言葉をいただいておりますれば、京の治安はこのような状況だとお報せすべき」

「う、上様にだと」

あきらかに山口安房守の顔色が変わった。

「上様はご多用ではございまするが、かならず御《おん》自らご報告を聞かれまする。というよりすべてをお話しせねば、わたくしが叱られまする。なにを見てきたのだと」

そこまで言って、聡四郎は書院の襖を開けて出た。

「ま、待て、水城」

山口安房守が慌てて制止した。

「…………」

無視して聡四郎が進んだ。

「お待ちをいただきますよう」

宇部が聡四郎の前に立ちはだかった。

「どけ」

聡四郎が宇部に向かって手を振った。

「いいえ、今一度奉行のもとへお戻りを願いまする」

「邪魔だてをすると」

「…………」

怒りを見せた聡四郎に宇部が黙った。

「拙者がなにも知らぬと思っているならば、甘い。先ほども安房守どのに告げたが、瀬野が昨日なにを申したのか、聞いていた者は多い。隠しとおせると思うなよ」

「その場にいた者の名前、ところをお控えでございますか。でなければ、捜し出せませぬ、京には万をこえる民がおりまする」

宇部が証人はいないも同然と言い放った。

「出雲屋がおる」

「……出雲屋。どこの」

聡四郎の口から出た名前に、宇部が戸惑った。江戸の伊勢《いせ》屋、大坂の大黒《だいこく》屋と並んで、京では井筒《いづつ》屋、出雲屋が多かった。

「御所お出入りの炭屋の出雲屋よ」

「ああ、あの出雲屋でございまするか」

説明された宇部がうなずいた。

「その出雲屋ならば十分であろう」

「では、早速訊いて参りましょう。しばし、お待ちを願いまする」

「お役目で京へ来ている拙者の足を止めると申すか」

「……うっ」

役目と言われて宇部が詰まった。

「もうよい。通せ」

いつの間にか、書院から山口安房守が出てきていた。

「……はい」

主君の言うことには従う。宇部がすっと身体を横にした。

「水城、出雲屋がそのようなことを知らぬと申したときはどうする」

「どうもいたしませぬ。拙者は己の見聞きしたことを報告いたすのみでは」

山口安房守の問いに聡四郎は反した。

「……よろしゅうございますので」

去っていく聡四郎の背中を見ながら宇部が訊いた。

「これ以上止められるか。それこそ、上様に言上《ごんじょう》されてしまう。それよりも出雲屋へ急げ。出雲屋がそのようなことはなかったと言えば、水城の発言が否定できる。たとえ京都所司代まで話が通っていようとも、ごまかせる」

山口安房守が続けた。

「禁裏付、京都東町奉行、合わせて二十年も京にいた。余の名前を使えば御所出入りとはいえ、抗《あらが》いはすまい」

「今すぐに」

山口安房守の命に宇部が首肯した。

三

待っていた大宮玄馬を連れて、聡四郎は京都所司代へと道を戻った。

「いかがでございました」

「あの同心が行き方知れずになっているそうだ」

「なんとっ」

聡四郎の返事に大宮玄馬が驚愕した。

「逃がしたのだ。なにも知らぬと言い張っていたが、先触れもせずに訪れた形の我らに用件さえ問わずにあの取次の者は主のもとへ都合を訊きに行った。あそこからしておかしい。少なくとも用件を問うくらいのことはせねば、取次の意味はない」

「たしかに」

大宮玄馬が同意した。

「後のことは申すまでもあるまい。なんとかごまかそうと欠け落ちだの逃げただのと、菅という同役の同心まで引っ張り出して、三文芝居を見せつけられたわ」

大いに聡四郎はあきれていた。

「あまりに腹立たしいので、座を蹴った」

「当然でございまする」

話を聞いた大宮玄馬も憤った。

「この後は所司代屋敷へ」

「松平伊賀守さまにご報告しておく」

尋ねた大宮玄馬に聡四郎が答えた。


与力は寄騎とも書いた。どちらも誰かに味方する者という意味である。とはいえ、戦国の寄騎は字の通り、騎乗できる一廉《ひとかど》の武士であったが、今の与力は目通りさえかなわない足軽《あしがる》より少しましというていどの身分でしかない。

急げと山口安房守に言われた宇部だったが、京都東町奉行所与力格では馬を走らせるというわけにもいかなかった。

「はあ、はあ」

精一杯急いで二条《にじょう》から五条へ駆けた宇部は、荒い息のまま出雲屋の暖簾を撥《は》ねた。

「主はおるか」

「どちらさまで」

血相を変えた訪問者に番頭が急いで応対に出た。

「東町奉行所与力の宇部である。主は」

「お奉行所の……今」

名乗られた番頭が奥へ入り、すぐに出雲屋を連れて来た。

「主の出雲屋惣兵衛でございまする。わたくしになんぞ」

「そなたが出雲屋か。そなた昨日、木屋町でなにか見聞きしたか」

「木屋町……ここではなんでございまする。どうぞ、奥へ」

質問の中身を理解した出雲屋が宇部を誘《いざな》った。

「答えをよこせ」

宇部がすぐに返事をしろと迫った。

「店の者も聞いておりますが、よろしいので」

出雲屋が念を押した。

「……案内いたせ」

周りを見た宇部が苦い顔をした。

「……狭いところではございますが」

出雲屋が宇部を上座へ、己は下座へと席を取った。

「そのようなことはどうでもよい。茶も要らぬ。昨夕なにも見ておらぬな」

端《はな》から宇部が決めつけてきた。

「いえ。昨夕、木屋町で大変なものを見ましてございまする」

「なんだとっ。儂《わし》の言うことを聞いておらぬのか。なにも見なかったのだ、そなたは」

「それは東町奉行さまの」

「言うまでもないだろう」

山口安房守の意向かと訊いた出雲屋に宇部が明言を避けながらもうなずいた。

「あいにくでございますが、わたくしは見ました。と申すより当事者の一人でございました。水城さまを木屋町へご案内いたしました」

「そなたがっ」

宇部が目を大きくした。

「はい。わたくしがお誘いして木屋町の佐原屋へ揚がり、その帰りに質《たち》の悪い連中に襲われまして……そのとき町奉行所同心の瀬野さまが……」

出雲屋が見聞きしたことを告げた。

「それをなかったことにいたせ」

「無茶を仰せになりまするな」

「でなくば、どうなるかわかるだろう。東町奉行を怒らせることになるぞ」

断った出雲屋を宇部が脅した。

「しかたおまへんな」

「きさまっ」

もう一度首を横に振った出雲屋に宇部が怒りを見せた。

「東町奉行さまも恐ろしゅうございますが、わたくしはそれよりも将軍さまが怖い」

「将軍さま……」

出雲屋の口から出た将軍という言葉に宇部が怪訝な顔をした。

「ご存じない」

「なにをだ」

首をかしげた出雲屋に宇部が問い返した。

「水城さまは上様の娘婿さまでございますよ」

「……そんなことはない。水城は一千石もないぞ。それが上様の姫さまを娶《めと》るなど……」

「真でございまする。上様がまだ紀州藩主だったときに御養女さまを奥方さまに下さったとか」

「…………」

宇部が黙った。

「というわけでございまして。水城さまを裏切って、将軍さまを怒らせたら、この店など潰れまする」

「聞いておらなんだ」

愕然《がくぜん》と宇部が頭《こうべ》を垂れた。

「お帰りなされませ」

さっさと出ていけと出雲屋が宇部を促した。

「このことは……」

口止めに来たことを他言するなと宇部が求めた。

「ご懸念なく。こんな阿呆らしいこと言えませぬ」

出雲屋が首肯した。

「ほんまに阿呆や。下手に糊塗《こと》するより、うまい言いわけを用意して、謝ったほうがよほどましやと気がつかんのかいな。今の東町奉行はんは、あかんな。長いこと京にいてはるわりに甘いわ」

宇部を送り出した出雲屋が嘲笑した。

京の民は、幕府役人の人事に敏感であった。京都町奉行になった者の傾向次第では、洛中の物価に影響が出る。また、禁裏付が威を張る者になれば、抜き身の槍でなにをしだすかわからないのだ。

「禁裏付で威張ることに慣れすぎたんやな」

山口安房守は京都東町奉行になる前、禁裏付をやっていた。京洛の公家、民に武を見せつけるのが役目の禁裏付は、多少のもめ事ならば推奨されはしないが、咎められることもない。行列の先を横切ったからと民を槍で突いても、牛車《ぎっしゃ》が邪魔だと転がしても、形だけのお叱りを受けるだけで終わる。さすがにそうそう馬鹿をする者はいないが、公家や民は禁裏付を疫病神《やくびようがみ》同然と考え、近づかないようにしている。運悪く禁裏付と辻で行き合えば、難癖を付けられないよう、平身低頭してやり過ごす。

禁裏付をやった旗本が、天狗になるのも当然であった。

「番頭、今度来たら、もう呼ばんでええで。代わりにぶぶ漬け出しとき」

「ぶぶ漬けが出たら、さっさと帰れっちゅう意味やとわかりますやろうか」

主人の指図に番頭が懸念を口にした。

「わかるやろ。二十年も京におったんや。わからんようやったら、気にせんでもええ相手やしな」

出雲屋が興味をなくした。

聡四郎から事情説明を受けた京都所司代松平伊賀守が苦い顔をした。

「安房守が、そのようなまねを……」

松平伊賀守がため息を吐いた。

「どういたす」

「別になにもいたしませせぬ」

訊かれた聡四郎が首を横に振った。

「尋ねようが悪かったか。どうすればよい」

京都東町奉行を管轄《かんかつ》する京都所司代である吾に、どのような罰を望むかと松平伊賀守が訊きなおした。

「お心のままに」

咎めようがなかろうが、気にしないと聡四郎はもう一度告げた。

「よいのか」

「上様にありのままをお報せするだけでございますれば」

「…………」

淡々と言った聡四郎に松平伊賀守が黙った。

「世間を見て来いとの仰せでございますれば、経験いたしましたことをお伝えするのがお役目でございましょう」

「たしかにそうではあるがな。なにもかもを報告されても、お忙しい上様もお困りであろう。そこは、そなたが取捨選択すべきだぞ。おそらく、上様はそなたがどこまでそれができるかをご覧になられたいのではないか」

聡四郎の言いぶんを松平伊賀守が訂正した。

「なるほど」

気づいたとばかりに聡四郎が膝を叩いた。

「まだ江戸へ帰るわけではなかろう」

「はい。大坂は見て参ろうかと思っております」

松平伊賀守に問われた聡四郎が答えた。

「ならば、大坂でもお耳に入れたほうがよいこともあろう。よく考えての」

「たしかにさようでございまするな」

聡四郎がうなずいた。

「安房守は、余がきつく叱っておく」

それで終わりにしろとばかりに松平伊賀守が述べた。

「お任せすると申しました」

「そうか」

松平伊賀守がほっと安堵した。

さすがに町奉行たちを焚《た》きつけたのが己だとばれることはないだろうが、それでも上役として下僚《かりよう》の不始末の責任は取らなければならない。あと少しで老中に手の届く京都所司代としては、わずかな傷も避けたい。

「安房守さまにどう対応なされるかは、伊賀守さまがご随意に」

「どういう意味だ」

聡四郎の言いかたに引っかかった松平伊賀守が、問うた。

「今回のことは、京都町奉行所の不始末を安房守が隠避《いんぴ》しようとしたものと思われまする。公明正大であればこそ、町民たちの信頼を町奉行所は得、その指図に従ってくれまする。その根本を安房守は崩した」

山口安房守に付けていた敬称を聡四郎はなくした。

「民が町奉行所というもっとも身近な御上の役人を信じない。これで御上が民の信頼を保てましょうや」

「むっ」

聡四郎の話に松平伊賀守が唸った。

「御上はすなわち上様でございまする。上様が民の信を失われたら、今後なされようとしておられる施策がうまくいきましょうや」

「…………」

「なにをおいても、これはご報告申しあげるべきだと考えまする」

「……であるな」

正論に松平伊賀守が同意した。

「では、お邪魔をいたしましてございまする」

聡四郎が腰をあげた。

「これから、どういたすのだ」

「京の恐ろしさはよくわかりましたゆえ、離れようかと思いまする」

「もうか。まだ五日ほどであろう」

旅立つと言った聡四郎に松平伊賀守が驚いた。

「とても京のすべてを見たとは言えぬぞ」

「何十年いたところで、京の真は見えて参らぬとわかりました」

松平伊賀守の忠告に聡四郎は首を左右に振った。

「むうう」

聡四郎の考えは正しい。そもそも京でなくとも、その地を知るには何年も住んでみなければならないのは自明《じめい》の理《り》であった。

「大坂へ参るか」

「そのつもりでおりまする。さすがに今日旅立つには用意ができておりませぬので、明日にでも」

行き先を確認した松平伊賀守に聡四郎が首肯した。

「ご多用と存じますゆえ、当日お別れは申しませぬ」

この場で代用すると聡四郎が告げた。

「そうか。ならば帰りにまた寄るがよい」

松平伊賀守がもう一度顔を出せと要求した。

「お約束はできかねまする。大坂から船で江戸へ戻るかも知れませぬので」

聡四郎が拒んだ。

「道中奉行副役が船では、意味がなかろう」

歩いてこその道中奉行副役だろうと松平伊賀守が注意を促した。

「船の移動も道中奉行の管轄であるべきだと考えておりますれば」

聡四郎が述べた。

街道の整備、治安などは道中奉行の責任になる。とはいえ、実質はその街道が通る地の大名がそれをおこなっていた。

対して船にかんしては、担当の役人がはっきりしない。ものが輸送されることから勘定奉行だとか、船なので船手頭《ふなてがしら》だとか、そのときどきの都合で責任の所在が代わってしまう。

聡四郎はそれを統一させるべきだと考えていた。

「そうか。ご苦労であった」

これ以上言っても結果は変わらない。松平伊賀守が聡四郎の退出を認めた。

「では」

松平伊賀守の前を離れた聡四郎は、借りている長屋へと顔を出した。

「殿さま」

「なにか御用でも」

長屋では傘助と猪太が旅の道具を手入れしていた。

「明日にはここを出る。用意をいたせ」

「……明日の何刻《なんどき》ころでございましょう」

聡四郎に命じられた傘助が問うた。

「昼過ぎには出たい」

「どちらへ」

「宇治《うじ》から船で大坂へ向かうつもりである」

「では、明後日の朝に大坂でございまするな。ならば、食料などの手配は夜のぶんだけですみますゆえ、買いものはせずともすみましょう」

傘助がさっと計画を立てた。

「衣類の洗濯は」

「終わってるぜ」

猪太が傘助の確認に応じた。

「……では、問題ございませぬ」

傘助が聡四郎に告げた。

「うむ。委細《いさい》は任せる。金はまだあるか」

「ございまする」

聡四郎に訊かれた傘助が大丈夫だと首を縦に振った。

四

近衛家の家令の息子、平松少納言は、泣きついてきた西蔵を匿《かくま》いはしたものの苦悩していた。

「どないするかのう」

西蔵には聡四郎を殺してくれと頼んだという弱みを握られている。放逐するのは簡単だが、自棄《やけ》になられては困る。

「町奉行のもとへ行くんやったらええけど、水城とか申す旗本のもとへ行かれてはまずいよってなあ」

京都町奉行所への自訴くらいならばまだいい。京都町奉行所は公家に手出しができない。もし、公家を捕まえる、あるいは事情を訊くとなれば、禁裏付に委託するしかなくなる。

「任されよ」

京都町奉行と禁裏付ならば、京都町奉行が格上になるが、そんなことで遠慮していては出世は難しい。同僚に足を引っかけ、上役の足を引っ張ってこそ、目立つ出世ができる。

京都町奉行からもたらされた手柄の好機を禁裏付が見逃すはずもなく、公家を捕まえた手柄、聞き出した功績を、吾がものにしようとする。

今の京都東町奉行山口安房守が禁裏付からの栄転であることを見てもわかる。両者は協力して京の治安を守らなければならないが、そのじつは狙い狙われる者の関係にある。

京都町奉行は、西蔵が自訴してきて、ことのすべてを語ったところで平松少納言へは手を出してこない。余罪をもって西蔵を死罪にし、さっさと首を切ってしまう。そうすれば、禁裏付に手柄はいかず、極悪の無頼を捕まえたという己の功績にできるのだ。

「かというてなあ、血みたいな穢《けが》れたもん、見とうもないし」

公家は神の末、あるいは眷属《けんぞく》である。血は穢れとして忌《い》むべきもの、屋敷のなかであろうがなかろうが、人を殺すようなまねをするわけにはいかなかった。

「出ていけ言うて、すなおに出ていくはずないしの。逃げるだけの金を寄こせとなるわなあ。すでに百両も渡してあるんやで。これ以上は出されへん」

公家は詩歌《しいか》音曲、書などの家元でもないかぎり、貧しい。本禄が数百石くらいしかないうえに身分なりの見栄を張らなければならない。かつかつどころか、毎年赤字を抱えており、娘を裕福な町人の妾に出している公家も多い。一両でさえ貴重なのだ。それを無頼、しかも依頼をしくじった者にくれてやる気にはならなかった。

「いつまでもおられたら、かなんしなあ」

思案に暮れた平松少納言は、そもそも聡四郎をどうにかしろと指示した近衛基凞《もとひろ》のもとへ相談に向かった。

「……そんなことで困っておるのか」

聞いた近衛基凞があきれた。

「なんぞ、ええ手でもございますやろか、御所はん」

すがるような目で平松少納言が近衛基凞を見た。

「簡単なことや。町奉行所へ訴え」

「へっ」

言われた平松少納言が理解できないといった顔をした。

「町奉行所へ無頼が屋敷に入りこんだと言うてきい。そしたら捕り方が来るやろ。それを見たらそいつは逃げ出すわ」

近衛基凞がていねいに説明した。

「慌ただしくしてやれば、金のことまで頭は回らん。捕り方見たら急いで逃げるわ。もし、金でも要求したら、捨てるような巾着に銭と石でも入れた奴を渡してやり。中身をあらためている間なんぞ、ないやろう。重さと音だけで判断しよるはず」

「おおっ」

ようやく呑みこめた平松少納言が手を打った。

「わかったなら、帰り」

近衛基凞が手を振った。

「ところで、御所はん。あの水城はどないします」

もう一度刺客を送るのかと平松少納言が尋ねた。

「水城やと……誰やそれ」

「…………」

答えに平松少納言が絶句した。

「なにがあってもや、麿《まろ》はなんも知らん。ええな」

「……はい」

念を押された平松少納言が力なく首を縦に振った。

松平伊賀守は、聡四郎たちがまた洛中へ出かけるのを待って、禁裏付を呼び出した。

「目立たぬようにとの仰せでございましたが、なにか」

形だけの監察役とはいえ、京都所司代に呼び出されれば応じなければならない。

もちろん禁裏付は、老中支配だからと断ることはできる。もっとも、京都所司代は次の老中と目されている人物が就くだけに、下手に抵抗をして後日しっぺ返しを受けるのはいただけない。山田《やまだ》近江守、鈴原常陸介《すずはらひたちのすけ》、二人の禁裏付は駕籠に乗ることなく、京都所司代屋敷へと参上した。

「遠国目付新設の話があると知っておるな」

「噂を耳にしましたが……」

松平伊賀守の言葉に鈴原常陸介が少し気のまずそうな顔をした。

「それが禁裏付に与える影響についてはわかっておろう。手を打ったか」

「いえ対処できておりませぬ」

「なにぶんにも、禁裏付は連日勤務で朝から夕刻まで御所に詰めておらねばなりませず」

二人の禁裏付が言いわけをした。

「それは重畳《ちょうじょう》である。うかつなことをしていては、大事である」

「なぜでございましょう」

松平伊賀守の発言に鈴原常陸介が疑問を口にした。

「今、道中奉行副役の水城が、京に来ておる。今までなかった役目の者が……」

「では、その水城どのが遠国目付になられると」

「水城は上様お気に入りじゃ」

問うた鈴原常陸介に松平伊賀守が告げた。

「明日、その水城が京を離れる」

「離れる……つまり遠国目付としての用はすんだと」

「随分と早い」

聡四郎の予定を告げた松平伊賀守に鈴原常陸介と山田近江守が驚いた。

「今回は、上様のお試しというか、布石のようなものだからの。一通りでよかったのだろう」

松平伊賀守が推測を口にした。

「なるほど」

鈴原常陸介が納得した顔を見せた後で、質問した。

「なにかしらの成果を水城どのは手にしたと」

さりげなく鈴原常陸介が松平伊賀守の顔色を窺った。

「うむ」

「それはどのようなものでございましょう」

うなずいた松平伊賀守に山田近江守が訊いた。

「言えぬ」

松平伊賀守が拒否した。

「なぜでございまするか」

「わたくしども禁裏付にかんするものだとでも」

山田近江守と鈴原常陸介が松平伊賀守へ迫った。

二人にしてみれば、聡四郎の報告は将軍吉宗へ讒言《ざんげん》されるようなものである。

「お役目のことを軽々に申せるものではなかろう」

松平伊賀守が当然の結論を口にした。

「そこをなんとか」

「せめて誰にかかわるものかだけでも」

二人の禁裏付が強く願った。

「ならぬと申した。これ以上は許さぬ。余からも今の禁裏付はと江戸へ報せを出させるつもりか」

「……………」

「……申しわけございませぬ」

禁裏付二人の勤務態度を京都所司代は監察できる。支配しているわけではないので、直接咎めるわけにはいかないが、それを江戸へ報せることはできた。

「下手に動くな。藪蛇になるぞ」

釘を刺した松平伊賀守の前で、二人が悄然《しょうぜん》とうなずいた。

京都所司代屋敷を出た山田近江守と鈴原常陸介が、顔を見合わせた。

禁裏付は役人として上がりではない。旗本として遠国勤めは本意とは言えず、少しでも早く江戸へ帰りたい。それには、他の役人の動静を絶えず気にしていなければならなかった。

「どうお考えになる」

山田近江守が鈴原常陸介に話しかけた。

「わからぬというのが、正直なところでござる」

鈴原常陸介が力なく首を横に振った。

「もし、我らの行動になにかしら水城が疑念を抱いたとしたら……」

「よろしくはない。なにせ上様は遠く江戸におられる。実際をご自身の目でご確認いただけぬ。それこそ水城の言うことをそのままにとられよう」

山田近江守の心細そうなものとは反対に鈴原常陸介の顔は険しかった。

「水城は上様の娘婿。信頼はござろうな」

「…………」

止めを刺すように言う鈴原常陸介に山田近江守が黙った。

「どうすればよろしいかの」

「水城どのをどうこうすることはできませぬぞ。松平伊賀守さまがすべてをご存じである。それこそ、我らに疑いがかかる」

悩む山田近江守に鈴原常陸介が告げた。

「もちろんでござる」

今、聡四郎に刺客を送るのがどれほどまずいかは、少しものの見える者なればわかることであった。

「かといって、このままなにもせぬのは……」

「不安でたまりませぬな」

鈴原常陸介と山田近江守が顔を見合わせた。

聡四郎がどのような報告を吉宗にするかわからなければ、いつどのような咎めがやってくるかも知れないだけに、落ち着いてもいられない。

「どうでござろうか。恥を忍んで水城どのに尋ねてみては」

聡四郎に敬称を付けて、山田近江守が提案した。

「直接教えてくれと願いまするか……そういたしましょう」

少し鈴原常陸介が考えたが、すぐにうなずいた。

「所司代屋敷で待つわけにもいきませぬな」

松平伊賀守に知られてしまう。山田近江守が辺りを見回した。

「二条城の角で待ちましょうぞ。そこからならば、所司代屋敷への出入りははっきりと見えまする。水城どののお顔は知りませぬが、身形でわかりましょう」

鈴原常陸介も納得した。

五

近衛家を出た平松少納言は、その足で京都東町奉行山口安房守を訪れた。

「こちらへ」

下座で控えた山口安房守が平松少納言に上座を勧めた。

かつては禁裏付として、公家たちを睥睨《へいげい》してきた山口安房守だが、出世したことで格を落としていた。

「久しいなあ、安房守」

平松少納言が上座から山口安房守を見下ろした。

「ご無沙汰をいたしております る。本日はわざわざのご来駕《らいが》、どのようなご用件でございましょう」

山口安房守が下手に出た。

「ちいと頼みがあってな。じつは、吾が屋敷に無頼が逃げこんで来おってな、困っておるのじゃ」

「少納言さまのお屋敷に、そのような者が」

平松少納言の訴えに山口安房守が驚いた。

無頼は、なにかしらの利がなければ近づいてこない。金に困っていて、名ばかりの権威しかない公家の屋敷に無頼が入りこむ理由に山口安房守は思いあたらなかった。

「訊いてみたら、なんや東町に追いかけられていると申しよる」

「東町奉行所に……その無頼はいつから」

山口安房守の目が鋭くなった。

「昨日の夕刻や」

「……なるほど」

平松少納言の答えに山口安房守が合点した。

「その無頼と少納言さまにおかかわり合いは」

「そんなもんあるはずないやろ」

一応訊いたといった感じの山口安房守に、平松少納言が首を左右に振った。

「では、なぜ少納言さまのお屋敷に逃げこんだのか……」

「そんなん知らんわ」

疑わしそうな山口安房守の目から、平松少納言が顔を横に向けて逃げた。

「名前はなんと」

「東やったか南やったか」

「西蔵でございますか」

とぼける平松少納言に山口安房守が口にした。

瀬野の話に西蔵という名前は出て来なかったが、生き残って捕まえられた無頼たちを吟味担当の与力が責め問いにかけ、西蔵が頭分であったとの報告をあげていた。

「そうや、そんなんやったわ」

「近衛さまは」

「ご存じやない」

確かめた山口安房守を、平松少納言が強く否定した。

「無頼は、町奉行所の管轄やろ。公家の屋敷のなかはあかんちゅうねんやったら、禁裏付に頼むけど」

「検非違使《けびいし》や弾正台《だんじょうだい》は」

禁裏付に手柄をわたしていいのかと言った平松少納言に、山口安房守が朝廷の監察や捕縛を担当する役目の名を出した。

「おまはんは禁裏付をやってたやろう。検非違使や弾正台が名前だけやと知ってるはずや」

平松少納言があきれた。

「町奉行所は公家衆のお屋敷に手出ししないのが決まりでございまする」

山口安房守がまだ二の足を踏んだ。

役人は他人に縄張りを荒らされるのをもっとも嫌がる。その逆もまたしかりで、他人の職責に手出しをするのも嫌う。

手出ししてうまくいったところで、職権を侵されたと憎まれる。手柄を立てたぶん、本来の役目の者の無能さを世間に見せつけたことになるからだ。

失敗すれば、それみたことかと追い撃ちを受ける。二度とそういった縄張り荒らしを考える者が出てこないようにとの見せしめにされた。

役人としての生涯をまっとうしたいならば、己の領域を守るだけにしておくのが、最良であった。

「そうか。ほな、ええわ」

あっさりと平松少納言があきらめた。

「申しわけもございませぬ」

ほっと山口安房守が安堵した。

「水城っちゅうのが京に来てると聞いたで。なんでも遠国目付を作るとか作らんとか。その者に相談してみるわ。安房守に断られたゆえ、どこに頼めばええかとな」

「……お待ちを」

山口安房守が一瞬硬直した後、平松少納言を引き留めた。

「なんや、麿は急いてるねん。屋敷に人を殺した下手人がいてるんやで。天英院さまを通して御広敷用人をしていた水城とは、まんざら縁がないわけではないよってな」

「わ、わかりましてございまする」

話をすることくらいは容易だと告げた平松少納言に、山口安房守が折れた。

「同心と小者を差し向けまする」

「最初からそう言うたらええねん。無駄な手間をかけさしな」

人を出す要求を呑んだ山口安房守に、平松少納言がため息を吐いた。

「ですが、お屋敷へ踏み入るのは……」

「それくらいは、こっちがなんとかするわ。麿が招いたことにしたらええねん。同心でも与力でもええけど、ちょっと風雅の心得のある奴を寄こし」

風流の友人となれば、身分は関係なくなる。五摂家でも町人を屋敷に招いて茶会をするのは珍しいことではなかった。

「風雅の……では、宇陀《うだ》という与力が茶の湯をたしなんでいたはずでございまする」

「宇陀やな。わかった。帰ったら、茶室の用意をするわ」

「では、半刻ほどでお屋敷へ向かわせれば」

「そないしてんか。潜り戸は開けとくさかいな」

山口安房守と平松少納言の打ち合わせが終わった。

「ああ、開けとくけど、不浄な小者は入れなや。入ってええのは与力だけや」

「承知いたしておりまする」

釘を刺した平松少納言に山口安房守がうなずいた。

聡四郎と大宮玄馬は、錦《にしき》市場と六条《ろくじょう》市場を視察して、京都所司代屋敷へと帰ってきた。

「なかなか繁華なものではあったが、やはり江戸に比べると活気がない」

「物売りの声もあまりいたしませなんだ」

二人が市場の感想を言い合った。

聡四郎と大宮玄馬は、旗本、御家人の違いはあるとはいえ、二人とも本来家督を継げない四男、三男であった。

家督を継げず、養子先も見つからない次男以下の身は哀れである。親が生きている間はまだしも、兄が当主となったあとは、台所隅の納戸《なんど》を与えられて、家臣同様の扱いを受ける。いや、家臣のほうがまだましであった。禄がもらえるだけでなく、妻を娶り子をなせるからだ。

まれに小遣い銭をもらえれば幸い、死ぬまでこき使われ、病になっても医者さえ呼んでもらえない。

そんな境遇になりたくないと聡四郎、大宮玄馬は剣術に励んだ。泰平になって無用の長物と化した剣術であったが、それでも武士の表芸である。

「某流の免許を持っておるとか」

「どこぞの道場で三羽がらすと呼ばれていると聞いた」

計算のできる勘定方が出世もしやすいし、実入りも多いのだが、算盤侍と下に見る気風は強い。

剣術ができるというだけで、婿養子の口がかかることもある。聡四郎と大宮玄馬はそれに賭け、休むことなく道場へ通った。

実際は、そういった話はなかったが、毎日家を出て道場へ行き来をしたことで、世情には詳しくなった。

そのときの経験が、聡四郎を勘定吟味役に抜擢《ばってき》させたし、大奥女中たちの相手をする御広敷用人の役に立った。

「江戸はたしかにやかましゅうございますな」

扱っている品物にもよるが、商店は店の前に人を出し、大声で客を呼びこむ。

「朝獲れたての魚だ。まだ生きているよ」

「京で評判の白粉《おしろい》が入荷いたしました。数が少なくなっておりますので、お早めにお買い求めを」

そうなると客も寄ってくる。

それが京の市場ではほとんど見られなかった。

「待っていれば客が来るのだろうな」

聡四郎も納得のいかない顔をしていた。

「率爾《そつじ》ながら……水城どのでござろうか」

そこに二人の武家が近づいた。

「いかにも。道中奉行副役の水城聡四郎でござる。貴殿は」

「禁裏付、山田近江守でござる」

「同役、鈴原常陸介と申す」

二人の武家が名を告げた。

「禁裏付のお方でござったか。お見それをいたしました」

聡四郎が軽く頭を下げた。

禁裏付は役高一千石、諸大夫に任じられ、朝廷の内証、公家の監察をおこなう。別名朝廷目付ともいわれ、五摂家でも遠慮するだけの権威を与えられている。

無位無冠である聡四郎にとって、禁裏付はていねいな応対を心がけなければならない相手であった。

「その禁裏付のご両名が、わたくしになにか」

用件を聡四郎が問うた。

「……拙者から話そう」

「お任せする」

鈴原常陸介が手をあげ、山田近江守が半歩退いた。

「聞けば、明日、京から離れるとか」

「さようでございまする。まだまだ見聞きすべきはございましょうが、役目柄、あまり一つの町に長居はできませぬ」

道中奉行副役の役目は街道筋の安寧《あんねい》である。京都所司代、京都町奉行所などがある京の町は担当外であった。

「なるほど」

一度鈴原常陸介が首を縦に振った。

「ところで、なにか得られたかの、京で」

「…………」

目的の質問をした鈴原常陸介に、聡四郎が警戒した。

「いや、お役目の邪魔をいたすつもりはござらぬ。ただ、我ら禁裏付になにか問題があるならば、お教えいただき、今後の糧《かて》にいたしたいと思うてな」

あわてて鈴原常陸介が手を振って疑念を払拭《ふっしょく》しようとした。

「拙者が京を出ることをどなたに聞かれました」

旅立つと報告したのは松平伊賀守にだけである。問わずともわかっていたが、聡四郎は山田近江守と鈴原常陸介を試すために訊いた。

「…………」

「……常陸介どの」

二人の禁裏付が顔を見合わせた。

「己はなにも言わず、尋ねるだけというのは……」

聡四郎が卑怯《ひきょう》だろうと二人を揺さぶった。

「やむを得ぬな」

「お役のためでござる」

二人がそれぞれに己を納得させた。

「伊賀守さまから教えていただいた」

代表して鈴原常陸介が述べた。

「なるほど」

聡四郎は思った通りの回答に首肯した。

「では、こちらもご返答いたそう」

「ごくっ」

「……ああ」

二人の禁裏付が緊張した。

「上様へご報告申しあげることができたのは確かでござる。ただし、それがなにかということは明かせませぬ」

「我らもそこに……」

「入ってござる。もっとも、お二人のどちらか、あるいは両方といった個別の話ではございませぬ。禁裏付というお役目について、いささか上様にお話しせねばならぬと思っておりまする」

「それを教えては……」

「できませぬ」

聞き出そうとする鈴原常陸介に聡四郎がきっぱりと断った。

「ご懸念あるな。拙者が上様にご報告いたしたとしても、お二人には決して咎めはございませぬ」

聡四郎が断言した。聡四郎が問題だと思っているのは、禁裏付による京の民、公家への脅迫であり、二人の禁裏付についてではなかった。抜き身の槍を押し立てての行列は、さすがに看過できないと聡四郎は考えていた。

「真か」

「ならばありがたい」

禁裏付が安堵の顔をした。

「では、拙者はこれにて。行くぞ、玄馬」

用はすんだと聡四郎は、山田近江守と鈴原常陸介に別れを告げた。

「…………」

「殿」

難しい顔をして京都所司代屋敷への歩を進める聡四郎に、大宮玄馬が気遣いの声をかけた。

「松平伊賀守さまは、上様のご信頼篤《あつ》いお方である。その伊賀守さまが、わざと吾のことを漏らされた……その意図するところはなんだ」

吉宗が将軍になってから松平伊賀守は京都所司代に抜擢されている。いわば、吉宗の腹心であった。

聡四郎は松平伊賀守の狙いを考えた。

「まさか、山口安房守、そして禁裏付の二人の態度、いや醜態を見せたかったのか。遠国へやられた旗本たちの実情を……任地ではなく、江戸を見ていると」

一つの答えに聡四郎はたどり着いた。

「遠国を任された者が任地で働くより、江戸へ帰ることだけを考えている。そうなれば遠国はまともな状態ではなくなる。重要なところなれば遠国奉行などが置かれているのだ。その重要な地が乱れては、政にひび割れができる」

「それはっ」

聡四郎の独り言に大宮玄馬が反応した。

「駿府《すんぷ》もそうであった。京はそれが顕著である。だが、これだけで論を固めるは早計《そうけい》」

眉間にしわを寄せながら、聡四郎は思案を続けた。

「……注視せねばならぬ、大坂を」

聡四郎が表情を厳しいものにした。

第五章　新しい走狗

一

普請奉行の大岡能登守忠相《ただすけ》を吉宗は召し出した。

「久しいの」

「ご尊顔を拝したてまつり、能登守恐悦至極《きようえつしごく》に存じまする」

黒書院《くろしよいん》の間で大岡能登守が平伏した。

「相変わらず、堅いの」

吉宗が苦笑した。

「畏れ多いことでございまする」

それでも大岡能登守の態度は変わらなかった。

二人のかかわりは、大岡能登守が伊勢の山田《やまだ》奉行であったときにさかのぼる。

山田奉行は伊勢神宮の保護、その門前町である山田の行政、治安の他に、伊勢湾における水運を監督した。

つまり山田奉行の管轄《かんかつ》は、紀州藩と各々の部分で接していた。

当然騒動は起こった。始まりは紀州藩の飛び地松坂《まつさか》との藩境の問題だったとも、熊野《くまの》から切り出された材木を運んでいた者と伊勢の湊《みなと》に入っていた商船との諍《いさか》いだとも言われているが、定かではない。

ただ紀州藩と山田奉行とは隣同士ということで、いつももめ事を抱えていた。

「こちらは神君《しんくん》家康公のお血筋、御三家であるぞ」

もっともほとんどの場合、紀州藩のごり押しが効いた。山田奉行は遠国奉行のなかで格上になるとはいえ、旗本役でしかなく、任じられる者も五百石から千石くらいであり、それほど権力を持ってはいなかった。老中でさえ遠慮する御三家を相手になどできるはずもなく、もし抵抗して紀州家から睨まれては今後の出世にかかわってくる。

「……穏便にお願いをいたしたく」

やり過ぎてはくれるなと言うのが精一杯であった。

しかし、大岡能登守は違った。

「こういう理由で、非はそちらにある。あらためてご説明が要るというならば、拙者が紀州公の前に出向いても苦しからず」

堂々と紀州家の非を論じた。

「おもしろいやつじゃな」

当時紀州藩主として藩政改革に臨んでいた吉宗は、その報告を受けて大岡能登守に興味を持った。が、わざわざ伊勢まで顔を見に行くだけの暇はなかった。

吉宗と大岡能登守の出会いは、その数年後、大岡能登守が山田奉行から普請奉行へと栄転、江戸に戻ってからであった。

「喉が渇いた」

「どうぞ」

参勤交代で江戸へ出てきた吉宗が遠乗りの帰りに大岡家へ立ち寄り、茶を所望《しよもう》したのに対し、大岡能登守は黙々と応じた。

「余の顔を見て、なにか申すことはないか」

茶を喫した後に吉宗が問うた。

「なにもございませぬ」

大岡能登守はとりたてなにもないと首を横に振った。

「そうか。また会おうぞ」

吉宗もそれ以上言わず、大岡能登守邸を去った。

「気に入ったわ」

紀州家上屋敷へ戻った吉宗は、そのとき近習頭《きんじゅがしら》を務めていた加納久通《ひさみち》にいきなり告げた。

「なんのことでございましょう」

仕え続けて何十年にもなるが、それでも吉宗の突飛な言動にはついていけないことが多い。加納久通が怪訝な顔をした。

「今日、あいつの顔を見に行ったのだ」

「あいつ……」

「前《さき》の山田奉行、大岡能登守じゃ。覚えておらぬのか」

まだ理解できていない加納久通に吉宗があきれた。

「覚えてはおりまするが、なぜ、能登守さまのもとへお出ましに」

紀州藩士の加納久通からすれば、大岡能登守は直参《じきさん》旗本で格上になる。敬称をつけて加納久通が問うた。

「紀州家の威光にも屈しなかった男の面構《つらがま》えぞ。見たいではないか」

子供のような理由を吉宗が、口にした。

「なんともまた」

加納久通が小さくため息を吐いた。

「で、お気に召したわけでございますな」

「おうよ。あやつめ、余の顔を見てなにか申すことはないかと訊いてやったらな、なにもないと答えおったわ」

「それはまた」

吉宗の言葉に、加納久通も目を大きくした。

「であろう。普通の者ならば、余が不意に来たことで、かつての出来事を思い出し、言いわけするところぞ。あれは役目上いたしかたのないことでございましたとか、紀州家にはご迷惑をおかけしましたとか、あのおりは、失礼をいたしましたとか、詫びのようで詫びでない文言《もんごん》を連ねて、余の機嫌を損ねないようにしようとする。それをあやつはしようともせなんだ」

「不器用でございますな」

うれしそうに語る吉宗に加納久通も同意した。

幕府の役職に初めて就くときは、家柄あるいは親がどこまで出世したかの影響を受けた。おおむね千石をこえれば、まず無役で放置されることはなく、それ以下でも親や親戚が力を持っていれば、まず小普請組入りはない。

ただ、格や引きでどうにかなるのは、そこまでであった。老中と縁戚にあるとか、先祖が家康の寵愛深く、配慮をしてもらったとか、格別な何かがあるならば別だが、そうでなければ、初役以降の出世は、本人の能力、世渡りのうまさがものを言った。

なかでも世渡りのうまさは大きかった。

上役への付け届け、ご機嫌伺い、機会があれば逃さず、よろしくお願いしますと願う態度を見せる。

「うい奴じゃ」

「そういえば、あの者がいたな」

老中や若年寄《わかどしより》などに覚えてもらえば、いい役目に空きが出たときに声をかけてもらいやすくなる。

そして、それの裏返しになるのが、要路に嫌われる、睨まれるであった。

「ええい、気が利かぬ」

「生意気な」

そう思われてしまえば、まず出世はなくなる。どころか、なにかしらの理由を付けて、役目を取り上げられて、謹慎《きんしん》、蟄居の憂き目に遭う。

紀州家も老中ほどではないが、幕政に影響力を持っている。紀州藩主である吉宗の機嫌を損ねては、今後に差し障る。いや、七代将軍家継に世継ぎがない今、八代将軍の最有力候補にある吉宗に気に入られることこそ、幕府役人として出世を願っているならば正解であった。

「欲しいな」

「殿のお望みに合う人物でございますな」

大岡能登守を認めた吉宗に加納久通がうなずいた。

「倹約という地道な改革は、派手なまねをする者や、周囲の雰囲気を読んで世渡りをするような者にはできぬ。ただただ愚直に、余の命じたことをこなすだけ。それでなければ務まらぬ」

いい人材を見つけたと興奮しながら、吉宗が続けた。

「余が将軍となったとき、こき使ってくれようぞ、能登守」

吉宗は決意をし、今、そのときが来た。

「南町奉行をいたせ」

「仰せのままに」

旗本として出世頭ともいえる江戸町奉行へ抜擢すると吉宗から言われても、大岡能登守は淡々としていた。

「躬《み》のやりたいことはわかっておるな」

「幕府の立て直しかと」

確認された大岡能登守が短く答えた。

「うむ。今の幕府には金がなさ過ぎる。まずは皆に金を遣わぬことを覚えさせなければならぬ」

「商家が困りましょう」

吉宗の言葉に大岡能登守が応じた。

「それを押さえよ」

厳しい表情で吉宗が命じた。

倹約を天下に公布すると、当然ものは売れなくなる。生活に必需な食いものなどはそういったところで惜しむにも限界がある。人は食べていかなければ生きていけないし、住む場所も要る。

だが、贅沢品、絹の衣類、金銀珊瑚《さんご》などを使用した簪や櫛といった小間物などは売れなくなる。

江戸には大名の妻子が定住している。昨今の大名家も内証逼迫《ひっぱく》のため、かつてのようなまねはできなくなってはいるが、着物や小間物の需要はあり、そういったものを取り扱う店は多かった。

「わかりましてございまする」

無理強いも大岡能登守は平然と受けた。

「それともう一つ……」

一度吉宗が間を空けた。

「江戸に巣くうという闇をはらえ」

「闇を……」

初めて大岡能登守が動揺した。

「将軍家の城下である江戸に、法度《はっと》を守らぬような輩は不要である。幕府以外に力を振るう者など許してはならぬ」

「それは博徒《ばくと》どもを一掃《いっそう》せよとの仰せでございますか」

大岡能登守が吉宗に訊いた。

「…………」

答えず、じっと吉宗が大岡能登守を見つめた。

「申しわけございませぬ」

大岡能登守が詫びた。

「わかっておろうに、無駄な質問をするな」

吉宗が大岡能登守を叱りつけた。

今は普請奉行であるが、その前、大岡能登守は山田奉行をしていた。

伊勢山田は伊勢湾の交易の中心地であり、船の出入りは多い。また生涯に一度はお参りをしたいと庶民が願う伊勢神宮を訪れる者も途切れない。

人の集まるところに金は落ちる。伊勢神宮へお参りをすませた後の精進《しようじん》落としの場として遊廓が流行《はや》り、板子《いたご》一枚下は地獄の船乗りは宵越しの金を持たず博打に興じる。

どちらも御法度だが、そんなものを気にするはずもなく、伊勢山田にはかなりの数の無頼がいた。

そんな伊勢山田を支配していた山田奉行が、闇と言われて博徒かと訊くはずはなかった。

「よろしいのでございまするか。かなりの軋轢《あつれき》が生まれると思いまするが」

大岡能登守が確認した。

「倹約令でもっとも儲かるのは無頼、すなわち闇だ」

吉宗が続けた。

「表にいる商人などは痛い思いをするであろう。ものが売れず、売れても高価なものではなく、儲けの薄い安いものばかりになる。だが、今まで高値のものこそ本物だと嘯《うそぶ》いて武士を庶民を踊らせ、大きな利を得てきたのだ。倹約で目の前の利益は薄くなるだろうが、それは創意工夫でどうにかできよう。商人は欲しがられるものを探し出して売るのが仕事じゃ」

政に応じて商人は変化しなければならぬと吉宗は断じた。

「しかしだ、倹約令でまったく影響を受けぬどころか、より大いなる繁栄を謳歌するのが闇よ」

吉宗が険しい顔をした。

「闇は人の欲しがるものを用意する。倹約で贅沢が禁じられれば、それを持って来る。もちろん、適正な価格で売るはずはない。本来の数倍、数十倍という金を取る」

「倹約が闇を大きくすると仰せでございますか」

大岡能登守が問うた。

「そうだ。倹約で町の商家から消えたものが闇に流れる」

大きく吉宗がうなずいた。

「儲けた金で闇は大きくなる。そして金で人を集められる。数は力だ。闇に潜んで光を避けていた連中が、我らこそ光と表に出てくる。そうなれば、城下は地獄だ」

「はい」

吉宗の懸念を大岡能登守が理解した。

「できるな」

「お心に添えるよう、精進いたしまする」

念を押した吉宗に大岡能登守が首を縦に振った。

二

播磨麻兵衛が犬の黒を連れて、本郷御弓町に着いたのは、箱根の関所をこえてから三日目の夜であった。

「ここだな」

さりげなく門前を過ぎながら、播磨麻兵衛が水城家を確認した。

「……冗談ではないぞ」

気配を探ろうと気を研ぎ澄ませた播磨麻兵衛が顔色を変えた。

「これが殿と大宮どのの師か……」

播磨麻兵衛が虚無僧の天蓋のなかでつぶやいた。

「鬼かと思うたわ」

ふと播磨麻兵衛が足に違和感を覚えた。

「黒、おまえも怖いか」

犬が播磨麻兵衛の臑に身体をこすりつけていた。

「あれと戦うなど、自害するようなものだ」

ため息を吐きながら、播磨麻兵衛が屋敷の周りを巡るために歩を進めた。

「……どこかで見ている」

播磨麻兵衛が己を見る目を感じた。

「殿のお屋敷外ではない。となれば……」

すっと播磨麻兵衛が水城屋敷から離れた。

「気配の隠しかたが下手すぎる。伊賀者ではないな」

かなり離れたところで播磨麻兵衛が足を止めた。

「数が多い」

播磨麻兵衛の表情が引き締まった。

「お屋敷を取り囲むようにしている」

眉を播磨麻兵衛がひそめた。

「出府して来て、いきなり面倒ごとか」

播磨麻兵衛が口の端を吊り上げた。

旧吉良家遺臣の篠田が、配下を水城屋敷の表と裏に分けた。

「拙者が表門を叩いて、急使だと騒ぐ。表門が開けられたところで躍りこめ。家臣どもは手向かいせぬ限り無視せよ。裏門は表門で騒ぎが起こったら、掛け矢や木槌で破れ。表門隊でも裏門隊でもよい、赤子を確保したら笛を吹け。そこで引き上げじゃ。決して後をつけられるな」

「はっ」

「お指図どおりに」

原田ともう一人の配下が承知した。

「ことがなれば、皆、復帰できるのだ。決して無駄死にはするな。生きてあらたなお家に貢献することを旨《むね》とせよ」

最後に篠田が一同を諭した。

「では、参るぞ」

篠田が表門隊三人を率いて水城家へと向かった。

すでに暮れ六つ（午後六時ごろ）は過ぎている。武家の門限は過ぎ、武家屋敷の多い本郷御弓町は静かであった。

「御免、御免、ご開門くだされ」

水城家表門脇の潜りを篠田が叩いた。

「へいへい。日が暮れてますが、どなたさまで」

門脇の小屋で生活している門番小者が、内側から応対した。

「拙者、ご当主さまの使者でござる。ご当主さまが旅先でお怪我をなさりましてございまする」

「えっ」

篠田の作り話に、門番が驚愕した。

「さっさと開けよ。貴家の大事であるぞ」

篠田が門番を急かした。

「し、しばらくお待ちを。奥さまにお報せを」

「間に合わぬぞ」

「それは……」

「拙者から奥さまにお話を申しあげる。開けよ」

混乱しだした門番を篠田がさらに追いこんだ。

「は、はい」

門番が潜り門の閂《かんぬき》を外した。

「行けっ」

「はっ」

篠田に命じられた配下が、潜り門に体当たりを喰らわせた。

「……うわっ」

潜り門を開けたばかりだった門番が、無理矢理押された扉にはね飛ばされた。

「女子供は奥だ」

「おう」

配下が潜り門を通って侵入しだした。

「表門を……」

「開けるな」

なかに入った配下が出入りを楽にするため表門の閂に手をかけようとしたのを、篠田が制止した。

「開ければ、他家が介入してくるかも知れぬ」

表門を開いていれば、なかの異変に他人が介入できる。表門が閉じている限り、なかでなにが起ころうとも誰一人手助けはできなかった。

「申しわけなし」

注意された配下が急いで奥へ走った。

耳を澄ませていた裏門隊の原田が、表門から伝わるざわめきに気づいた。

「始まったな。こちらも行くぞ」

原田が手を振って、合図を出した。

「任せよ」

大きな木槌を担いだ配下が、裏門に叩き付けた。

「まだか、もう一発」

勝手口の扉が揺らぐだけで壊れなかったので、もう一度木槌を振るった。

「……よし」

表門ほどの規模も厚みもない裏門の蝶番《ちょうつがい》が吹き飛んだ。

「こいつで」

三度振るわれた木槌によって裏門が破られた。


入江無手斎は表門の潜り門に体当たりする音で、騒動に気づいた。

「ふむ」

立ちあがった入江無手斎が、すばやく奥へと駆けつけた。

「御師《おし》」

奥では、袖が寝間着姿のままながら、紅と紬の部屋前で構えていた。

「さすがに早いの。どう思う」

「伊賀者はここまで馬鹿ではありませぬ。こんな派手な音を立てては、他人目《ひとめ》を避けることなどかないませぬ」

袖が入江無手斎の確認に首を振った。

「となると、間抜けが愚行に走ったかの」

入江無手斎が嘆息した。

「本当にしでかす者がおるとは……」

袖もあきれた。

「御師さま、袖」

部屋のなかから紅の声がした。

「これに」

袖が応じた。

「屋敷の者たちをお願い」

「承知」

紅の要求に入江無手斎がうなずいた。

「ここは任せる。さて、一人は生かして捕えねばの」

後を袖にたくして入江無手斎が駆け出していった。

「……さて、玄馬どのにあきれられぬようにせねばならぬな。狼藉者に思い知らせてくれよう」

袖の表情から感情が抜けた。

水城家でもっとも頼りになる家士大宮玄馬は留守、他の家士たちは勘定筋の助けになるような文に長《た》けた者ばかり、一応、武士として押《お》っ取《と》り刀《がたな》でそれぞれの長屋から出てくるが、侵入してきた者たちに対抗できず、あっさりと無力化されていった。

「余計な死人を出すな」

篠田が気を失った家士の背中に斬りつけようとした配下を止めた。

「我らに敵《かな》わぬとさえわからせればいい。それ以上は……」

「後で追撃とか、不意討ちを喰らいませぬか」

「そうなる前に終わらせろ」

危惧する配下を篠田が抑えつけた。

「将軍の孫を攫《さら》うだけでも大事なのだ。そのうえ死人まで出してみろ、将軍の怒りはすさまじくなる。それこそ町奉行所、火付盗賊改方《ひつけとうぞくあらためかた》、目付、大番組まで動員なさろう」

江戸の町を町奉行所役人ほど知っている者はおらず、火付盗賊改方の苛烈《かれつ》さ、目付の緻密な探索、市中巡回をする大番組の数、これらを相手にして逃げおおすのは、そうとうな難儀になる。

「策はなって初めて、策である。奥へ」

失敗すれば元も子もない。篠田が配下を急かした。

「刀など握ったことさえないであろうに、よくしてのけた。忠義者じゃ」

駆けつけた入江無手斎は水城家の家士たちが倒れているのを見て、感嘆した。

「年寄りか。邪魔だてするな」

篠田が手を振った。

「知っているか」

「……なにをだ」

不意に問いかけられた篠田が、思わず入江無手斎に応じた。

「剣術遣いというのは、無性に人を斬りたくなるときがあると」

「えっ」

入江無手斎の言葉に、一瞬篠田が唖然とした。

「ぐっ」

入江無手斎にもっとも近かった配下が不意に血を噴き上げた。

「園《その》……」

あまりの早業に篠田以下、誰も反応できなかった。

入江無手斎は三間（約五・四メートル）あった間合いを、あっさりとなくしたうえ、園と呼ばれた男の首の血脈を刎《は》ねた。

「人体にはな、急所と呼ばれるところが何カ所かある。そのなかで表に出ているのが、首じゃ。着物でさえ覆われていないそこは、そっと刃で撫《な》でるだけで断てる」

血しぶき一つ浴びず、左手だけで脇差を持った入江無手斎が解説した。

「こやつはまずい。殺せ」

篠田が残った二人に叫んだ。

「わあ」

「こいつっ」

二人が太刀を振りかぶって、前に出ようとした。

「なっとらんな」

その二人の間をすっと入江無手斎が通り抜けた。

「へっ」

目の前に立たれた篠田が呆然とした。

「一応、刀の稽古くらいはしたのだろうが、あれでは生兵法《なまびようほう》にも届かん」

入江無手斎があきれ果てた途端、二人の配下が重なって崩れた。

「首を狙うぞと言っておいたのに、太刀を振りかぶるなど論外じゃ。喉ががら空きになるだろう。喉を狙われたら、高青眼《たかせいがん》に構えるのが筋」

「高野《たかの》、芹沢《せりざわ》」

篠田が震える声で呼びかけたが、どちらも反応しない。

「もう一つ、突きは出すより引くほうに力を入れる。さすれば、狙いがぶれず、疾《はや》い突きが出せる」

弟子を教えるように入江無手斎が述べた。

「なんなんだ、こやつは」

篠田の腰が引けた。

「し、仕切りなおしじゃ」

誰に言いわけしたのか、篠田が背を向けて逃げだそうとした。

「それは甘い」

篠田の前に影が降りた。

「わっ」

「起きたら、話をしてもらおうぞ」

驚いた篠田の鳩尾《みぞおち》に影が当て身を入れた。

「……何者だ」

先ほどとはまったく違った雰囲気を入江無手斎が醸《かも》し出した。

「入江無手斎さまでございますな」

「おまえは」

名前を言い当てられた入江無手斎が、脇差を静かに下段へと変えた。

「お初にお目にかかりまする。伊賀の郷忍、播磨麻兵衛と申しまする」

「伊賀の郷忍だと」

名乗りを聞いた入江無手斎が、より警戒した。

「上方でご当主さまにお仕えすることになりまして」

「殿……聡四郎に」

播磨麻兵衛の話に入江無手斎が首をかしげた。

「信用できんな。忍は息をするように嘘を吐く」

「しかたございませんな。今までの奴が酷《ひど》すぎました」

首を横に振った入江無手斎に播磨麻兵衛が天を仰いだ。

「では、あらためて出直して参りましょう」

「させると思うか」

逃げると言った播磨麻兵衛を入江無手斎が睨んだ。

「…………」

播磨麻兵衛が口を利く余裕をなくした。

三

裏門から入った原田たちは、篠田らの顚末《てんまつ》を知らず、台所から屋敷へ侵入しようとした。

「破れ」

原田が台所の戸を木槌で破壊しろと指示した。

「わかった」

木槌を抱えた男が、大きく振りかぶった。

門と違って薄い引き戸でしかない台所口は、一撃で粉砕された。

「よし、女中に手出しをするなよ」

釘を刺しながら、原田が屋敷へと土足であがりこんだ。

「奥は、あちらだ」

武家屋敷の構造などどこも変わらない。原田が先頭に立って廊下を走った。

「他人の屋敷にあがるときは、草鞋くらい脱げと親から教わらなかったのか」

廊下の突き当たりで袖が待ち構えていた。

「女、どけ。命までは獲らぬ」

原田が大きく手を振って袖に命じた。

「帰れ、今なら命までは獲らぬ」

袖が同じ言い様をしたうえで、犬を追うように手首をひらひらとさせた。

「こやつ武士を……」

あっさりと袖の挑発に憤った一人が脅すように太刀を振り回した。

「馬鹿だな」

嘲笑した袖が手裏剣を投げた。

「ぐっ」

喉を貫かれた男が崩れた。

「姫さまはお休みじゃ。お眠りを妨げるわけにはいかぬ」

袖が両手に手裏剣を持った。

「忍か。散れ。座敷へ入り込め」

原田が配下に告げながら、身を廊下に面していた座敷へと躍らせた。

「おうっ」

「えっ」

一人は原田に追随できたが、もう一人がためらった。

「ふん」

袖が手裏剣を喰らわせた。

「少しは頭が回るか」

破られた襖に目をやった袖が、面倒くさそうに息を吐いた。

「この奥にいるはずだ」

座敷へ飛びこんだ原田が隣の部屋へ通じる襖を開けた。

「……おらぬ」

原田が呆然とした。

「もぬけの殻《から》だ」

続いて座敷に入った男も唖然となった。

「狙われているのが姫さまだとわかっていて、そのままにしているはずはなかろう」

廊下から馬鹿にした口調の袖が入ってきた。

「おのれっ」

「どうする、原田氏《うじ》」

原田が憤り、もう一人が戸惑った。

「おらぬならばいたしかたない。次回……」

「次があるとでも」

逃げ帰ろうとした原田に袖が冷たい声を出した。

「おいっ」

「ああ」

原田の合図で、二人が入ってきた座敷へと戻っていった。

「とはいえ、姫さまのお部屋を血で汚すわけにはいかぬ」

わざと袖は見逃した。

「さて……」

廊下から原田たちの足音が聞こえたところで、袖が追いかけた。

聡四郎の屋敷を藤川義右衛門の手下も見張っていた。

もっとも、入江無手斎がいるため、隣家や向かいの屋根とはいかず、気配を感じ取られることのない遠くからである。

「裏門を破ろうとしている」

かなり遠くても忍の目は届く。見張りの伊賀者がゆっくりと近づいた。

「……吉宗の孫を攫うか。おもしろい」

伊賀者が高みの見物と決め込んだ。

「無手斎は、表か。となると裏は袖だな。まあ、小半刻も保《も》つまい」

何人の仲間がやられたかわからないのだ。伊賀の忍を屠れる二人に、そこいらの剣術自慢ていどでどうにかなるものではない。

「表には近づかぬ」

戦いの最中であろうが、本物の剣術遣いは気配に敏《さと》い。

「おう、すさまじい殺気だ。襲い来た馬鹿どもは漏らしたのではないか」

入江無手斎が播磨麻兵衛を見つけたときに発した殺気に伊賀者が震えた。

「おっ、そうこうしているうちに、こちらも決着がついたな。ふうむ。二人出てきた。仕留められたのは二人か。穏やかな日々に袖の腕も落ちたな」

「…………」

伊賀者が独りごちた。

すっと伊賀者が気配を殺した。

「話が違うぞ。女子供と剣を振ったこともない算盤侍しかいないと言ったではないか」

裏門へ駆けながら配下が原田に苦情をぶつけた。

「あんな女がおるなど、拙者も知らなかったわ」

原田が首を横に振った。

「こんなところで死ぬ気はないぞ」

「拙者もだ。とりあえず、屋敷から出るぞ。出れば、これ以上追ってはこられまい」

屋敷のなかでなにがあっても世間はかかわってこないが、天下の往来となれば、勝手はできない決まりであった。

「逃がさぬ」

その後ろに袖が迫った。

「くそっ」

配下が後ろを見ようともせず、刀を抜き撃ったが、あっさりとかわされた。

「わあああ」

恐慌に陥った配下が、太刀を袖へ投げつけた。

「得物を捨てるとは……武士として恥じよ」

あきれながら、袖が手裏剣を撃った。

「…………」

喉を縫われた配下が声もなく絶息した。

「ま、待ってくれ」

逃げられぬと悟った原田が、振り向いて足を止めた。

「拙者は頼まれただけだ。すべては表から攻め入った篠田という者が計画を立てた」

原田が責任を篠田に押しつけた。

「それがどうした」

「へっ……」

「後ろに誰がいようが、おまえが誰であろうが、それはわたしにかかわりはない」

「馬鹿なっ。なにが原因かわかれば、次を防ぐことができ……」

「防ぐ……せめて奥方さまのお姿を見るくらいまで迫れてから言え」

原田の口上を袖が一蹴《いっしゅう》した。

「我らは、かの吉良上野介《こうずけのすけ》さまの……」

「ふん」

まだ言おうとしている原田に、袖が間合いを消して拳で鼻の下を打った。

「かはっ」

鼻の下の人中《じんちゅう》と呼ばれる急所を砕かれた原田が崩れた。

「これだけか」

「……鈍るどころか、より苛烈になっておる。見誤るところであった。やはり女は怖い」

裏門から侵入した者をすべて片付けても油断しない袖に、伊賀者が震えた。

「終わったの」

廊下の雨戸ごしに紅の声がした。

「こちらは終わりましてございまする」

「そう。もう部屋に戻っても大丈夫」

「畏れ入りまするが、片付けができておりませぬ。今しばし、客間にてお待ちを」

問うた紅に袖が答えた。

「そう。ありがとう。そして、ご苦労さま」

紅が袖をねぎらった。

「客間……なるほど万一のときは、奥の居室から客間へ移動して、やりすごすのか」

伊賀者がうなずいた。

「これは、頭領にご報告せねば……」

袖が片付けに屋敷へ入るまでじっとやり過ごした伊賀者が逃げ出した。

「……愚かな。黒の鼻をごまかすことなどできぬわ」

その様子を途中から播磨麻兵衛が見ていた。

「黒、他に屋敷を窺う者がおれば、追い払え」

犬に命じて、播磨麻兵衛が伊賀者の後を追った。


捕まえた篠田を己の長屋へ連れこんだ入江無手斎は、その尋問に注意を割かれ、殺気を発していなかった伊賀者と播磨麻兵衛の気配を摑み損ねていた。

「話をする気になったかの」

刀の下げ緒《お》で身動きが取れぬように縛った篠田に、入江無手斎は問うた。

「…………」

篠田が入江無手斎を見ないように首を曲げた。

「さっさとしゃべったほうがよいぞ。儂《わし》が一番やさしいからの」

入江無手斎が説得した。

「裏門からの仲間を頼ろうとしているのなら、無駄だぞ」

片付けを終えた袖が顔を出した。

「ご苦労じゃったな。そっちは何人だった」

「四人でございました。不要と存じ、すべて片付けましてございまする」

ねぎらいの後訊いた入江無手斎に袖が答えた。

「結構じゃ」

入江無手斎がうなずいた。

「人でなしが」

袖を篠田が罵《ののし》った。

「おもしろいことを言う。赤子を攫おうと屋敷へ討ち入った者と、どちらが非道か。己たちの行為を棚に上げすぎではないか」

おもしろそうに袖が笑った。

「我らは一人も殺しておらぬ」

「目の前で、おぬしに殺せと言われたのだが」

まだ言い募ろうとする篠田に入江無手斎が首をかしげた。

「………」

篠田が黙った。

「まあいい。どうせ、おぬしたちに殺されてやるつもりなど、端からないからの」

入江無手斎がため息を吐いた。

「なにも知らぬ」

立ち直ったのか、開き直ったのか、篠田が首を左右に振った。

「だそうじゃが、そちらはどうであったかの」

あがく篠田に苦笑しながら、入江無手斎が袖を見た。

「表門から入った篠田と申す者が、すべてを企《たくら》んだと言っておりました」

原田の証言を袖が伝えた。

「そういえば、おぬしの名前はなんであったかの」

「………」

入江無手斎がわざと問うた。

「そういえば、吉良上野介さまの遺臣だとも申しておりました」

「……ちい」

わざと言葉を合わせて付け加えた袖に篠田が舌打ちをした。

「またぞろ妙な名前が出てきたの。赤穂浪士の討ち入りは元禄十五年（一七〇二）のことぞ、十五年から前のこと。なるほど、遺臣がいても不思議ではないか」

入江無手斎が納得した。

「責め問いまするか」

袖が伊賀忍者の責めを篠田にするかと尋ねた。

「吉良どのの名前も出てきたことだ。我らの手には負えまいよ」

「……ほっ」

首を横に振った入江無手斎に篠田が安堵の息を漏らした。

「では、どのように。他の者同様、息の根を……」

「ひっ」

「物騒《ぶっそう》なことを申すな。せっかくの美形が台無しじゃ」

殺すかと言った袖に篠田が小さな悲鳴をあげ、入江無手斎が苦笑した。

「上様にお預けいたそう」

入江無手斎が提案した。

「奥方は、上様の娘である。いつでもお目通りを願ってよいとのお許しもお持ちである。明日にでもお手紙をお出しいただければ、すぐになにかしらのご対応をいただけよう」

「上様に……」

さっと篠田が顔色《がんしよく》をなくした。

「さぞかしお怒りであろうよ。吉良の家の再興、少なくとも今の上様の御世《みよ》ではない」

「……そんなつもりでは」

篠田が震えた。

「失敗したときのことも考えてから、すべきであったな。もう、遅いがの」

入江無手斎が冷ややかな目で篠田を見た。

四

水城家を見張っていた伊賀者は、藤川義右衛門の新しい隠れ家である両国橋袂《たもと》に並ぶ茶店の一つに入った。

「頭領」

屋根から天井裏へ降りた伊賀者が呼んだ。

「湯浅《ゆあさ》か。顔を出せ」

茶屋の奥で品川の絵図を見ていた藤川義右衛門が応じた。

「御免を」

天井板が一枚ずれて、湯浅と呼ばれた伊賀者が藤川義右衛門の前に降りた。

「水城の家になにかあったのだな」

「さようでござる」

確認するような質問をした藤川義右衛門に、湯浅が経緯を語った。

「……ふむ」

藤川義右衛門が思案に入った。

「水城が留守の間を狙うというのは慧眼《けいがん》だが……彼我《ひが》の戦力差を勘定できなかったようだな」

「…………」

頭領の思索を邪魔するわけにはいかない。湯浅が黙って聞いた。

「水城の娘で吉宗の義理の孫……狙ってみるのもよいな」

「ではっ」

湯浅が身を乗り出した。

「待て、すぐではない」

藤川義右衛門が湯浅を制した。

「今は、品川を獲ることに専念せねばならぬ」

置いてある品川の絵図を藤川義右衛門が指さした。

「品川を……」

「すでに笹助たちが動いている。それを変更するのはまずい。おこなっている下工作もやり直しになる。品川に入れた手も引きあげさせなければならぬ。染みこみ始めたものを無に戻すのはいいが、もう一度やりなおすのは厳しい。ようやく口説き落としたあたりが、こちらの動きに不審を感じて、離れていきかねない。どころか、利助に寝返ることもありえる」

「なるほど」

湯浅が納得した。

忍の技の一つに草《くさ》というものがある。草は敵地に入りこみ、日常生活を送りながら溶けこんで、周囲を油断させ、重要な情報などを手に入れる。さらに、ときが来れば正体を現して、敵に痛撃を与えることもあった。

その草を藤川義右衛門は品川に入れていた。

とはいえ、本来の草は地元に溶けこみ、何代も重ねて信用を高めていくのだが、藤川義右衛門たちにそんな余裕はない。

品川はかつて目黒川《めぐろがわ》を境にして、北品川と南品川に分かれていた。それが宿場の発展とともに一つになり品川宿場となった。

ところが品川は江戸からわずか二里（約八キロメートル）しか離れていないため、純粋な宿場ではなく遊興の場としての要求が多く、次第に旅籠《はたご》より女を置いた茶店や遊廓が増え出した。それらは品川宿より北、法禅寺《ほうぜんじ》の門前を中心に拡がり、今や本宿を凌駕《りようが》する賑わいとなっている。

当然、人の出入りが激しい。

幕府の許可を得て、伝馬《てんま》人足を雇い、問屋場《といやば》の費用を分担する本来の品川宿とは違い、無許可の茶店や遊廓は、奉公人はもちろん、持ち主もよく代わる。

藤川義右衛門はその茶屋の一つを買い取り、品川本宿を手に入れた利助攻略の拠点としていた。

「利助はずる賢い。品川本宿だけでなく、法禅寺の門前にも手出しをしている。当然、どこの茶屋が売りに出て、誰が買ったかも調べているはずだ」

「茶屋を買ったのが、我らだとわかる前に仕掛けると」

湯浅が尋ねた。

「茶屋買収の後ろに吾がいると知れば、その目的に利助は気づく。そうなれば、利助は品川代官に泣きつくぞ」

藤川義右衛門が嫌そうに頬をゆがめた。

品川は江戸町奉行所の管轄ではなく、品川代官の支配地になる。品川本宿を手に入れた利助は、表向き旅籠屋、茶屋の主として、伝馬や問屋場に手を貸している。いわば、御上の下請けである。

「品川代官など、なにほどのものでもございますまい」

湯浅が嘯いた。

品川代官は関東代官伊奈《いな》氏の支配を受けていた。関八州《かんはっしゅう》すべての代官をまとめる伊奈家は、関東郡代《ぐんだい》とも呼ばれ、その勢力は三十万石の大名、権力は勘定奉行に匹敵するとまで言われていた。品川もその一つで、伊奈家に選ばれた手代が五人内外、小者十数名が代官所に詰めていた。

「品川代官に手を出せば、関東郡代を敵に回すぞ」

「関東郡代もまとめて……」

「勘定奉行を呼ぶことになる。今の我らでは、勘定奉行を相手に戦うことはできぬ」

まだまだ行けるという湯浅を藤川義右衛門がたしなめた。

三十万石の大名に匹敵する伊奈家は、勘定奉行の支配を受けていた。勘定奉行は、寺社奉行、江戸町奉行と並んで幕府三奉行と呼ばれる重職であり、これと遣り合うにはまだ力が足りないと藤川義右衛門が説明した。

「では……」

期待の目で湯浅が藤川義右衛門を見た。

「三日後、品川を襲う」

「おおっ」

藤川義右衛門の宣言に湯浅が感激した。

「その後、水城だ。まだ旅から戻っては来まい」

順番を藤川義右衛門が告げた。

「それに品川を手に入れておけば、あやつらが帰ってきたときに便利だろう。品川宿場全部を使って襲えるのだぞ」

「そこまで……」

湯浅が感心した。

「わかったならば、そなたも笹助のもとへ行け。品川の茶屋、以呂波《いろは》だ」

「承知」

すっと湯浅が消えた。

「…………」

湯浅がいなくなって、しばらく藤川義右衛門が瞑目《めいもく》した。

「……ようやくだ。ようやく、おまえを殺せるところまで来た」

藤川義右衛門がかっと目を開いた。

「おまえが死ねば、吉宗はさぞや落胆するだろうな。優秀な手駒を一枚失って」

声を出さずに藤川義右衛門が笑った。

「いや、気にもしないか。一枚の駒がなくなっただけと、新たな走狗探しを始めるだけだろうな」

藤川義右衛門が剣呑《けんのん》な目つきになった。

「だがな、駒にも心はある。御広敷伊賀者頭として生きていくはずだった吾を闇へ墜としたのは、吉宗、おまえだ。あのときの御広敷伊賀者に不満があるならば、こうしろと命じればよかった。吾の反発など言葉を尽くせば潰《つい》えたていどのものだったのだぞ」

　恨み言を藤川義右衛門が続けた。

　播磨麻兵衛がどれほどの腕利きであろうが、さすがに伊賀者の本拠へ忍びこむことはできなかった。

「あそこか、馬鹿どもの巣窟《そうくつ》は」

　湯浅の後をつけてきた播磨麻兵衛が独りごちた。

「兵弥が来てくれていれば、なかを覗《のぞ》くくらいはできたものを」

　播磨麻兵衛がぼやいた。

「潜んでいる場所がわかっただけで、よしとするしかないな」

　かなり離れたところから播磨麻兵衛は、隠れ家を確認するに留《とど》めた。

「さて、黒を引き取りに戻るか」

　播磨麻兵衛が踵《きびす》を返した。

　翌朝、紅の認《したた》めた書付が竹姫のもとへと届けられた。

「……鹿野《かの》。上様にこれを」

姉と慕う紅からの手紙だと喜んで読んだ竹姫の顔つきが厳しいものになった。

紅から直接吉宗に手紙を出すことはできるが、小姓、小納戸《こなんど》らの手を経なければならず、まちがいなく中身を検《あらた》められる。これは、将軍に要らぬことを報せず、世の汚いものを見せず、心に負担をかけないようにとの気遣いであった。

吉宗にそんな気配りは不要であるが、これも前例であり、大きな改革に打って出ている吉宗は、小さなことに気づいてさえいなかった。

しかし、縁を結ぶことはできなかったが、吉宗の想い人として知られている竹姫の書状に手出しはできない。近衛家の策で竹姫との婚姻を潰されたが、いまだ吉宗は未練を持っている。もし、竹姫になにかすれば、吉宗の逆鱗《げきりん》に触れる。役人であろうが、大奥女中であろうが、まちがいなく江戸城から追放された。

竹姫から書状を託された中臈《ちゅうろう》はその足で上《かみ》の御鈴《おすず》廊下へ向かい、そこに待機している御錠口番《おじょうぐちばん》を通じて、吉宗のもとへ届けた。

「竹からの文《ふみ》か」

吉宗が喜んで書状を受け取った。

「……………」

読み出した吉宗の目つきが変わった。

「上様、竹姫さまになにか」

加納遠江守が吉宗の変化に気遣った。

「竹ではないわ」

吉宗が書状を加納遠江守に投げた。

「拝見……これは」

読んだ加納遠江守の表情が曇った。

「愚か者どもめが」

「まさに、まさに。仰せの通りかと」

吐き捨てた吉宗に加納遠江守が同調した。

「そなた、直接水城の屋敷へ参り、馬鹿を引き取って参れ」

「その後はどちらへ」

吉宗の指図に、加納遠江守が尋ねた。

「本来ならば目付だろうが、野辺《のべ》とか申した愚か者の例もある」

苦い顔で吉宗が述べた。

野辺三十郎《さんじゅうろう》という目付は、吉宗を襲撃しようとした尾張徳川家のはねっ返りどもを発見していながら、ことが始まってから捕まえたほうが手柄になると考えて見逃し、結果、吉宗は襲われた。幸い、御庭之者《おにわのもの》、小姓らの活躍もあり、撃退できたが、一時吉宗が太刀を握るほどの騒動になった。

もちろん野辺三十郎は厳しい咎めを受け、さらに目付は吉宗の信頼を失った。

「では……大岡能登守に預けよ」

「町奉行は武家を扱えませぬが」

「浪人といたせ」

「それでよろしいのでございまするか」

加納遠江守が不思議そうな顔をした。

「上杉《うえすぎ》の家中だと書かれておりましたが……」

「これ以上、石高を減らしては、上杉が潰れよう。上杉は十五万石ながら三十万石以上の藩士を抱えているというではないか」

吉宗が上杉を巻きこむわけにはいかないと首を左右に振った。

軍神上杉謙信《けんしん》を祖とする米沢《よねざわ》藩上杉家は、関ケ原《せきがはら》の合戦の前は豊臣五大老として百万石をこえる大領を得ていた。それが徳川家康《いえやす》と敵対したことで、三十万石に減らされ、さらに三代藩主播磨守綱勝《はりまのかみつなかつ》が跡継ぎを定める前に急死、末期養子《まつご》を認める代わりに十五万石を取りあげられていた。

だが、上杉家は家臣を大事にするという謙信公以来の家訓を守り、自ら退身をした者以外を放逐《ほうちく》せず、抱え続けていた。

「三十万石の家臣……」

加納遠江守が息を呑んだ。

「士分だけでも三千近い。足軽《あしがる》、小者、陪臣などを入れれば一万近い者が禄を失い、浪人になる。倹約を命じたところに、これだけの浪人が出る。とても世間では支えきれまい」

己の生活に余裕があればこそ、他人を気遣える。商いが盛んだからこそ、人を雇える。倹約はその二つを奪う行為であった。

「かといって、このまま金を遣わせていては、武家が保《も》たぬ。倹約はせねばならぬのだ」

吉宗は倹約の害をわかったうえで、幕政改革を断行すると宣言した。

「天下への見せしめとして、その愚か者を晒《さら》し、上杉家を咎めるべきではある。だが、時期が悪い」

吉宗が頬をゆがめた。

上杉家を潰し、倹約をおこなう。できないわけではないが、生活基盤を失った一万人が、どのようなまねをするか。いかに武士は喰わねど高楊枝と言ったところで、飢えほど辛いものはない。最初は耐えていた者も、妻や子が飢えれば、矜持《きょうじ》などと言ってはいられなくなる。とはいえ、世間は倹約で人を雇う余裕がない。となれば、浪人たちがとるべき手段は一つしかない。

腰にある刀にものを言わせるのだ。

斬り取り強盗、押し借りなど、犯罪に手を染めることになる。

吉宗の倹約が始まるなり、治安が悪くなった。こう評判が立てば、もう吉宗の施策に他人は付いてこない。

「上杉には釘を刺しておけ。二度はないとな」

「はっ」

指示を加えた吉宗に加納遠江守が首肯した。

五

播磨麻兵衛は黒を連れて、昼過ぎに水城家を訪れた。

「紬を呼んでくださらぬか。叔父でござる」

昨夜酷い目に遭った門番の代わりをしている家士に播磨麻兵衛が頼んだ。

「しばし、待て」

しっかりと潜り門に閂をかけて、家士が屋敷へと駆けていった。

「……播磨の叔父」

屋敷から出てきた袖が播磨麻兵衛を見て驚いた。

「どうして……」

「おや、入江どのから聞かされておらぬのか」

呆然とする袖に播磨麻兵衛が首をかしげた。

「入江さまから……なにも」

袖が首を左右に振った。

「呼んで来てもらっても……」

「ここにおるわ。気配をわざと出しおって……」

播磨麻兵衛が頼みかけたところに面倒くさそうな顔の入江無手斎が現れた。

「昨日はご無礼を」

播磨麻兵衛が一礼した。

「どういうことでございましょう」

わけがわからないと紬が混乱した。

「最初から話す。なかへ入れていただいても」

「昨日は勝手に入っていただろうに」

訊いた播磨麻兵衛に入江無手斎があきれた。

「昨日は、急迫の状態でございましたので。あらためまして伊賀の郷の住人、播磨麻兵衛と申しまする。これは黒」

やむを得なかったと言いわけをしながら、播磨麻兵衛が自己紹介をした。

「黒……たしかに面影が。郷から出てきたの」

紬が腰を屈めて手を出した。

「…………」

黒犬が近づいて、紬の手を舐めた。

「播磨の叔父、ご説明を」

黒を撫でながら、紬が問うた。

「じつは……」

紬の妹菜が聡四郎に絡んで以降の話を播磨麻兵衛がした。

「菜にそのような危ないまねをさせたと。新しい頭領というのは、わたくしに喧嘩を売っておられるようでございますね」

袖が低い声を出した。

「許してやってくれ。百地《ももち》どのも急な就任で戸惑っておられたのだ」

播磨麻兵衛が伊賀の郷忍の新頭領をかばった。

「ふん、あやつに頭領をさせるなど……郷の人手不足も酷いものだ」

「知っているのか」

百地丹波介《たんばのすけ》の悪口《あっこう》を言った袖に入江無手斎が質問した。

「一応、兄弟子ということになりまする」

「兄弟子か。殿と玄馬の関係と同じじゃな」

入江無手斎がうなずいた。

聡四郎も大宮玄馬も入江無手斎の弟子になる。今は聡四郎が当主で大宮玄馬は家士、入江無手斎は客分と立場は変化したが、剣術での関係はそのまま続いていた。

「あのお二人のようによいものではございませぬ」

袖が眉間にしわを寄せた。

「…………」

「忍の修行には、まあ、いろいろございましてな。男も女も羞恥《しゅうち》を失わねばなりませぬ」

それ以上口をつぐんだ袖に代わって播磨麻兵衛が述べた。

「どういうことかという細かいお話は避けさせていただきますが……結果、丹波介が袖を見そめて嫁にとなりまして」

播磨麻兵衛が言いにくそうに告げた。

「もちろん、きっぱり断りましてございまするし、指一本触れさせてはおりませぬ」

許婚《いいなずけ》を持つ身となった袖が潔白を強調した。

「まったく、心を鎮め、厳しい修行に耐え、技を身につけねばならぬというときに、色恋など……」

袖が吐き捨てた。

「それは無理ないな。袖ほどの女を側に置いていながら、なにもせぬなど、男の看板を下ろすべきだ」

入江無手斎が笑った。

「……玄馬さまはなにもなさいませんでしたが」

紅を殺そうとして大宮玄馬に斬られた袖は、傷を負って捕らえられた。そのとき、袖を看病したのが大宮玄馬であった。

「兄弟子に似たのじゃろ。あれも朴念仁《ぼくねんじん》であったからな」

「師匠の教えでございましょうに」

「なんともよきかな」

入江無手斎と袖の遣り取りを見ていた播磨麻兵衛が感激した。

「あの袖が、このように笑うなど」

「……国元での袖がどういうものだったのか、後で聞かせてもらおう」

入江無手斎が播磨麻兵衛へ求めた。

「播磨の叔父」

袖が播磨麻兵衛を睨んだ。

「やれ、困った」

播磨麻兵衛が額を右手で叩いて道化《どうけ》た。

「殿のお許しが出たというのはまちがいないな。偽《いつわ》れば……」

入江無手斎が不意に雰囲気を変えた。

「天地神明に誓って。あのようなお方を欺《だま》すなど」

強く播磨麻兵衛が否定した。

「いかがでございましょう、奥方さま」

播磨麻兵衛が屋敷の玄関へと顔を向けた。

「……気づいてましたね」

玄関に置かれた目隠し屏風《びょうぶ》の陰から、紬を抱いた紅が姿を見せた。

「いかがいたしましょうや」

「旦那さまがお許しを出されたならば、構いませぬ」

入江無手斎の確認に紅がうなずいた。

「奥方さま、播磨の叔父と一緒に殿へ忠誠を誓った山路兵弥は、わたくしの父でございまする。もし、殿に害を為すようなまねをいたしましましたときは、わたくしが引導を渡しまする」

紬が責任を持つと言った。

「いいのよ、責任は旦那さまが持つの。二人を引き受けると決めたのは、旦那さまだからね。なにかあったら旦那さまを叱るから」

紅が紬に微笑みかけた。

「あの殿にこの奥方さま。畏れ入りましてございまする」

播磨麻兵衛が玄関前の土間に手を突いた。

「一つ、ご報告が……」

続けて播磨麻兵衛が、昨日の夜、屋敷から離れていった伊賀者の行方を追ったことを述べた。

「気づかなかったのは不覚であった」

「……情けない」

「あの騒ぎじゃしかたないわよ。後悔するより、先のこと」

うなだれた入江無手斎と袖に紅が激励の叱咤《しった》を与えた。

「でござった。失策は取り返すぞ、袖」

「はい」

入江無手斎と袖が決意を表した。

品川を襲う前夜、藤川義右衛門は利助の娘で妻の勢のもとへ足を運んだ。

「……義父どのが、参ったであろう」

閨ごとをすませた後、藤川義右衛門が勢に問うた。

「…………」

息のあがっている勢がもう少し休ませてと首を横に振った。

たっぷり煙草を吸うだけの間をおいて、ようやく勢が口のきける状態になった。

「十日も放っておいたあたしのことやのうて、おとうはんのことやなんて……」

勢が口を尖《とが》らせた。

「十日分くらいはあったと思うが」

「……いややわ」

言い返した藤川義右衛門に勢が真っ赤になった。

「おとうはんなら、来はったわ」

「なんぞ言われてたか」

「ちゃんと旦那はんにかわいがってもろうてるかとか、金に困ってへんかとか。日ごろの話やったわ」

問うた藤川義右衛門に勢が答えた。

「そうか。義父どのも心配性だな」

藤川義右衛門が苦笑して見せた。

「金は足りているな」

「うん。お金はあるけど、退屈やねん。遊びに行くにも知り合いいてへんし」

念のために尋ねた藤川義右衛門に勢が告げた。

「そうか、そうだな。誰ぞ、京から呼ぶか」

「……京にもいてへん」

勢がすねて背を向けた。

京の闇に生きる父親を持った娘に、近づいてくるのはその権力か、金、あるいは身体を目当てにした者ばかりであった。

「もう少ししたら、落ち着くだろう。そうすれば、どこかへ物見遊山にでも行くか」

「ほんま」

藤川義右衛門の誘いに、勢が喜んだ。

「いいところへ連れていってやる」

そう言った藤川義右衛門が、もう一度勢を抱いた。

「…………」

勘弁してという願いを無視されて、身体をむさぼられた勢が疲れ果てて眠った。

「待たせたな」

すっと寝床を抜け出した藤川義右衛門が、控えていた配下たちの前に立った。

「すでに、以呂波で待機をしておりまする」

抜けた郷忍をまとめる笹助に対し、御広敷伊賀者から抜けた者の頭を務めている鞘蔵《さやぞう》が告げた。

「笹助は」

「よし」

藤川義右衛門が満足そうに首を縦に振った。

「我らが縄張りを留守にしているとばれては、騒がしくなる」

縄張りは金になるため、絶えず誰かに狙われていた。

「そうなる前に終わらせる。すべてを夕刻までに終わらせるぞ」

一同の顔を藤川義右衛門が見回した。

「江戸の闇を我がものに」

「おう」

藤川義右衛門の一声に、鞘蔵たちが気勢をあげた。

光文社文庫

文庫書下ろし／長編時代小説
抗《こう》　争《そう》　聡四郎巡検譚《そうしろうじゅんけんたん》㈣
著　者　上《うえ》　田《だ》　秀《ひで》　人《と》

2019年7月20日　初版1刷発行

発行者　鈴　木　広　和
印　刷　萩　原　印　刷
製　本　ナショナル製本

発行所　株式会社　光　文　社
〒112-8011　東京都文京区音羽1-16-6
電話　(03)5395-8149　編　集　部
8116　書籍販売部
8125　業　務　部

© Hideto Ueda 2019
落丁本・乱丁本は業務部にご連絡くだされば、お取替えいたします。
ISBN978-4-334-77870-5　Printed in Japan

R ＜日本複製権センター委託出版物＞
本書の無断複写複製（コピー）は著作権法上での例外を除き禁じられています。本書をコピーされる場合は、そのつど事前に、日本複製権センター（☎03-3401-2382、e-mail : jrrc_info@jrrc.or.jp）の許諾を得てください。

組版　萩原印刷

本書の電子化は私的使用に限り、著作権法上認められています。ただし代行業者等の第三者による電子データ化及び電子書籍化は、いかなる場合も認められておりません。

上田秀人

「水城聡四郎」シリーズ

好評発売中★全作品文庫書下ろし!

聡四郎巡検譚

(一)旅発《たびだち》
(二)検断
(三)動揺
(四)抗争

御広敷用人 大奥記録

(一)女の陥穽《かんせい》
(二)化粧の裏
(三)小袖の陰
(四)鏡の欠片《かけら》
(五)血の扇
(六)茶会の乱
(七)操《みさお》の護《まも》り
(八)柳眉《りゅうび》の角《つの》
(九)典雅の闇
(十)情愛の奸《かん》
(十一)呪詛《じゅそ》の文《ふみ》
(十二)覚悟の紅《べに》

勘定吟味役異聞

(一)破斬《はざん》
(二)熾火《おきび》
(三)秋霜《しゅうそう》の撃《げき》
(四)相剋《そうこく》の渦《うず》
(五)地の業火《ごうか》
(六)暁光《ぎょうこう》の断
(七)遺恨《いこん》の譜《ふ》
(八)流転《るてん》の果て

光文社文庫

読みだしたら止まらない!

上田秀人の傑作群

好評発売中

鳳《ほう》雛《すう》の夢

(上) 独の章

(中) 眼の章

(下) 竜の章

神君の遺品 目付 鷹垣隼人正 裏録(一)

錯綜の系譜 目付 鷹垣隼人正 裏録(二)

幻影の天守閣 新装版

夢幻の天守閣

光文社文庫

KOBUNSHA